读客外国小说文库

激发个人成长

万能管家吉夫斯

3 谢谢你，吉夫斯

[英] P. G. 伍德豪斯 著
王林园 译

P.G.WODEHOUSE
THANK YOU, JEEVES

江苏凤凰文艺出版社
JIANGSU PHOENIX LITERATURE AND ART PUBLISHING, LTD

THANK YOU, JEEVES!

P.G. WODEHOUSE

目 录

1

吉夫斯请辞

我心里有点乱。其实也算不上什么事，但终究忍不住有一丝忧虑。这天，我坐在公寓里，心不在焉地拨弄着班卓里里[1]——我近来的新宠——的琴弦。虽然说不上愁眉不展吧，但话说回来，也不能说是绝对的眉开眼笑。如果一定要挑一个词，或许就是“若有所思”吧。我琢磨着，看这情况，未来似乎危机四伏。

“吉夫斯，”我说，“这事你知道吗？”

“恕我一无所知，少爷。”

“你猜我昨天晚上看见谁了？”

“猜不出，少爷。”

“J.沃什本·斯托克和他的千金玻琳。”

“果然，少爷？”

“他们准是到这边儿来了。”

“想必是，少爷。”

---

1 Banjolele，结合了班卓琴的琴身和尤克里里的琴颈，由阿尔文·基奇（Alvin D. Keech）引入，流行于20世纪二三十年代，因英国喜剧演员乔治·丰比（George Formby）而大受欢迎。

“真叫人尴尬，啊？”

“可以想见，经过纽约一事，少爷遇见斯托克小姐不免手足无措。但以我之见，少爷倒不需要杞人忧天。”

我一阵沉吟。

“吉夫斯，你说杞人忧天的时候，我的大脑好像忽闪了一下，没抓住要点。你是不是想说，我应该不用和她碰面？”

“是，少爷。”

“避开她？”

“是，少爷。”

我弹起了《老人河》[1]，纵情弹了五小节。吉夫斯这一席话叫我松了一口气。他的论断很有道理。伦敦毕竟不是小地方，只要有心，想躲个人还是很容易的。

“我当时可吓得不轻呢。”

“可以想象，少爷。”

“尤其是看到和他们坐在一块的还有罗德里克·格洛索普爵士。”

“果然，少爷？”

“是啊。就在萨沃伊小餐厅[2]，他们在靠窗的位置凑了一桌。而且还有一件更蹊跷的事。在座的第四位食客竟然是扎福诺勋爵的婶婶默特尔。她怎么会和那帮人混在一块儿？”

“或许夫人认得斯托克先生、斯托克小姐或者罗德里克爵

1 Old Man River，出自两幕音乐剧《画舫璇宫》（*Show Boat*，1927），杰罗姆·科恩（Jerome Kern）作曲，奥斯卡·汉默斯坦二世（Oscar Hammerstein II）作词，曾拍成电影。剧中歌曲《Bill》的歌词出自伍德豪斯之手。

2 Savoy Grill，萨沃伊酒店的餐厅。

士，少爷。”

“是，有可能。对，这就说得通了。但坦白说，我觉得挺不可思议。”

“少爷是否上前攀谈一番？”

“谁，我吗？没有啊，吉夫斯。我一溜烟跑了。除了不想撞上斯托克父女，我难道还会主动故意跑去和格洛索普闲话家常不成？”

“根据过往经验，和他相处的确称不上如沐春风，少爷。”

“要说这世界上我永远不想和谁打交道，那就属那个老讨厌鬼了。”

“刚才忘了通报，少爷，早上罗德里克爵士曾登门造访。”

“什么！”

“是的，少爷。”

“他要见我？”

“是，少爷。”

“旧账还没算，他居然敢来？”

“是，少爷。”

“嘿，该死！”

“是，少爷。我回答说少爷尚未起身，他表示稍后再来。”

“他这么说了，啊？”我哈哈大笑，是那种居心叵测的笑，“哼，等他来了，放狗。”

“少爷，家里没有狗。”

“那就到楼下跑一趟，借廷克勒－莫尔克太太的博美犬一用。他在纽约陷害我的事儿还没了，就跑来串门！真是闻所未闻。吉夫斯，你闻过吗？”

“坦白说，爵士此次登门，的确出乎意料，少爷。”

“想想也是。神呀！上帝呀！老天爷呀！这老先生脸皮厚得像犀牛。”

至于我为什么这么激动，相信听我陈述过前因后果，大家准能理解。这就容我梳理一下事实，缓缓道来。

大约三个月前，我注意到阿加莎姑妈有点蠢蠢欲动，因此决定，还是跑路去纽约，等她消消气为妙。待了大概三四天吧，我在谢里–尼德兰酒店[1]参加什么豪饮宴，从而结识了玻琳·斯托克。

我对她一见倾心。既瞻芳泽，如饮醇醴，我心若狂[2]。

“吉夫斯，”我记得返回公寓时问他，“有个老兄看什么东西觉得像谁看那什么玩意，是谁来着？上学的时候背过，一时想不起来了。”

“想必少爷是指诗人济慈初读贾浦曼译荷马时，将心中所感比作‘像科尔特斯以鹰隼的眼凝视凝视着太平洋’[3]。”

“太平洋，嗯？”

“是，少爷。‘而他的同伙在惊讶的揣测中彼此观看，尽站在达利安高峰上沉默’。”

“可不是。我这会儿想起来了。嗯，下午人家介绍玻琳·斯

1 The Sherry-Netherland，位于纽约第五大道，1927年竣工，是当时世界上最高的公寓式酒店。

2 仿印度英裔女诗人劳伦斯·霍普（Laurence Hope，1865—1904）《印度抒情曲》（*Indian Love Lyrics*，1901）中《吉卜赛之歌》（*Gipsy's Song: Hillside Camp*）一句：美如醇醴，我心如狂。

3 济慈著名的十四行诗《初读贾浦曼译荷马有感》（*On First Looking into Chapman's Homer, 1816*），穆旦译。

托克小姐给我认识的时候，我就是这感觉。晚上熨裤子的时候特别留心着，吉夫斯，我要和她用饭。”

我不止一次发现，身在纽约，“心之所好”这种问题起步一向很快。我认为这和当地空气有关。两周后，我开口向玻琳求婚，她欣然应允。至此为止，一切顺利。但慢着，还有后续。订婚还不到四十八小时，机器就被一只活扳手给卡住，导致婚事告吹。

而甩出该活扳手的那只手，正是罗德里克·格洛索普爵士之手。

诸位应该记得，我这些回忆录中，这个毒药罐儿的亮相似乎很频繁。此君穹顶荒芜，眉毛茂盛，打着神经科专家的旗号，实际上谁不知道，他不过是个拼命讹钱的精神病大夫。不少年来，他时不时就要跟我狭路相逢，每次影响都至为深远。说来也巧，我的婚讯在报纸上刊出的时候，此君恰好也在纽约。

至于他莅临纽约，则是为了探视J.沃什本·斯托克的远房堂兄乔治。说起这位乔治呢，一辈子欺压孤儿寡母什么的，老了良心不安了。他整天胡言乱语，还喜欢倒立着走路。罗德里克爵士接管这位病号也有好些年了，还会定期奔到纽约查探病况。说巧不巧，上一回，他在享用早餐咖啡和鸡蛋的当儿，恰好读到报纸上伯特伦·伍斯特先生和玻琳·斯托克小姐即将表演“婚礼对舞”的消息。据考证，他立刻扑向电话，拨通了准新娘父亲的号码，嘴都顾不上擦。

哎，他跟J.沃什本说了我什么坏话，我自然没法知晓，不过据猜想，不外如下：我曾和他的千金霍诺里娅有婚约，但经他确认，我是个彻头彻尾的疯子，于是果断制止。他无疑要讲述我“卧室里猫、鱼并养事件”，八成还会提到“帽子被偷风波”以及我“爬排水管之癖好”。煞尾处兴许会添一笔“威克姆夫人家中戳热水袋倒霉事故”。

他既然和J.沃什本是至交好友，而对方又深信他的判断力，因此据我分析，他没费多少工夫就让对方相信了我不是乘龙快婿的料。总之，神圣的订婚期持续不到48小时，我就接到通知，不必订购新的阔腿裤和栀子花了，因为我的提名已被取消。

就是这个人，居然还有那什么跑到伍斯特家里来。大家评评理！

我主意已定，绝不跟他啰唆。

他登门的时候，我还在弹班卓里里。伯特伦·伍斯特的知己都清楚，他这个人经常心血来潮，每到此时，他就化身成一台百折不挠的机器——紧张、专注、心无旁骛。弹班卓里里就是一个例子。那天晚上在阿罕布拉剧院，“本·布鲁姆和他十六位巴尔的摩伙伴”的卓越琴技将我折服，从而激发了我学习这一乐器的热情。打那以后，我每天都要花上个把钟头埋头苦练，没有一天例外。我正轻拢慢捻，如有神助，这时门开了，接着吉夫斯就把上述那位可恶的束缚衣专家推搡了进来。

得知此君意欲和我面谈后，我已经抽空琢磨了一番。左思右想之后，只有一个结论：他准是转变了心意，决定为自己的所作所为跟我当面道歉。因此，此刻起身致意的伯特伦·伍斯特，较之最初已经有些心软了。

“啊，罗德里克爵士，”我寒暄道，“早啊。”

说到彬彬有礼，伯特伦·伍斯特绝对无人能及。可是他的回答却是一句“哼”，而且毫无疑问是句不满的“哼”。我顿时吃了一惊。看来我对情势判断有误，根本是脱靶了。这位客人哪里是诚心道歉来了。他瞪着我，嫌恶之情再明显不过，仿佛我就是早发性痴呆[1]细菌。

哼，既然他是这副态度，那还有什么可说的。我的一腔善意立刻烟消云散。我冷冷地挺直身板，同时坚定地竖起一道眉毛。我正要来一句“大驾光临不知有何贵干”，他却抢先开口了。

“应该拉你去做精神病测试！”

“什么？”

“你是个公害。听说几周以来，你用什么可恶的乐器搅得四邻不安。看来就是你手上这个玩意儿了。你胆敢在这么体面的公寓大厦弹那东西？鬼哭狼嚎！”

我依然镇定自若，不动声色。

“您是不是说‘鬼哭狼嚎’？”

“没错。”

“哦。那，让我来告诉您，灵魂里没有音乐的人……吉夫斯，”我走到门口，对着走廊喊话，“莎士比亚说灵魂里没有音乐的人都善于什么来着？”

“‘为非作歹、使奸弄诈’，少爷。”

“谢了，吉夫斯。都是善于为非作歹、使奸弄诈的。”我转身回屋。

他踱了一两步。

“你知不知道，楼下公寓的廷克勒－莫尔克太太，也就是我的病人，精神一向极度紧张。我不得不替她注射镇静剂。”

我伸手打住他。

---

1 dementia praecox，精神分裂症的早期名称。

“你们院子里的八卦我不想听，”我不为所动。“至于我，也有一句话要问。您又知不知道，这位廷克勒–莫尔克太太养了一只博美犬？”

“你胡说八道些什么。”

“我没胡说八道。那只畜生成天到晚地叫，叫到深更半夜的时候也不在少数。这么说，廷克勒–莫尔克太太也敢投诉我的班卓里里，啊？哼，伊先拔去目中之博美再说。”我引经据典起来。

他明显发火了。

“我来不是为了跟你理论狗的问题。我要你保证，立刻停止滋扰这苦命的妇人。”

我摇摇头。

“她不懂得欣赏，我很遗憾，但我的艺术必须占首位。”

“没得商量？”

“正是。”

“很好。这事儿没完，你静候佳音吧。”

“廷克勒–莫尔克太太也要静候佳音噢。”我冲他挥舞班卓里里。

我一按电铃。

“吉夫斯，”我吩咐，“送客！”

实话实说吧，在刚才那场意志的对决中，我对自己的表现相当满意。要知道，曾经一度，只要一瞄到格洛索普出现在我家客厅，我的第一反应就是寻找掩护，动如脱兔。但打那以后，我经过烈火之炉的历练，如今再看到他，已经不会感到莫名的恐惧了。因此，我心中窃喜，连续弹起了《彩绘娃娃的婚礼》《雨中曲》《三个小字眼》《晚安宝贝》《我的爱的巡礼》《春天来了》《你是谁的宝贝》，以及半段《我的汽车喇叭要嘟嘟响》，曲目顺序如上所述。弹到近最后一首尾声的时候，电话铃突然响了。

我走到电话旁，拿起听筒。听着听着，我的神色变得严肃坚定起来。

“很好，曼格尔霍弗先生，”我冷冷地说，“您可以通知廷克勒－莫尔克太太及其一干人等，我选择后者。”

我一按铃。

“吉夫斯，”我说，“出了个小麻烦。”

“果然，少爷？”

“西一区伯克利大厦中煞风景的事儿昂起了丑恶的面孔。我还发现，此地谦让作风凋敝，睦邻精神缺失。大厦管理员刚刚打过电话，下了最后通牒。他叫我要么不弹班卓里里，要么卷铺盖走人。”

“果然，少爷？”

“听说投诉的有丙6座的‘尊敬的廷克勒－莫尔克太太’，乙5座的‘鸨斯特中校（优异服务勋章）’，还有乙7座的‘埃弗拉德·布伦纳哈塞特爵士夫妇’。好啊。那就顺他们的意。我才不在乎呢。没有这些个廷克勒－莫尔克，这些个鸨斯特，这些个布伦纳哈塞特，咱们更畅快。我还会心痛不成。”

“少爷打算另迁他处？”

我一扬眉头。

“自然，吉夫斯。难不成你以为我会考虑另一个选择？”

“只怕少爷在别处也同样会成为众矢之的。”

“我选的这个地方肯定不会。我打算隐居到僻静的乡间，在一个古意盎然人迹罕至的角落找一间茅舍，继续研习。”

“茅舍，少爷？”

“茅舍，吉夫斯。最好是金银花为帐的。”

接下来的一刻绝对叫我始料未及。一阵短暂的沉默后，吉夫斯，枉我这么多年来对他视如己出——打个比方——发出类似轻咳的动静，接着唇间吐出这句不可思议的话：

“既然如此，只怕我只能请辞。”

一时间都没有话说，气氛剑拔弩张。我目不转瞬地盯着他。

“吉夫斯，”此时说我如遭雷击也不为过，“我没听错吧？”

“没有，少爷。”

“你确实不打算继续追随我了？”

“少爷，其实我也万分不舍。但假如少爷打算在乡间别墅促狭的空间内弹奏那把乐器……”

我胸脯一挺。

“你说‘那把乐器’，吉夫斯，而且说得阴阳怪气，叫人听了不舒服。这么说，你不喜欢这把班卓里里咯？”

“是，少爷。”

“那你也忍到现在了呀。”

“勉为其难，少爷。”

“那让我来告诉你，比班卓里里还要糟糕的，人家也照样忍了，那才是好样的。你知不知道，有一位叫伊利亚·戈斯波迪诺夫的保加利亚人，曾经不间断地吹了二十四小时风笛？里普利在‘信不信由你’[1]里打过包票的。”

1　罗伯特·里普利（Robert Ripley，1890—1949）在《纽约环球报》供职时开辟了《信不信由你》专栏，介绍世界各地奇闻异事。

“果然，少爷？”

“那，你觉着戈斯波迪诺夫的随从会弃他不顾吗？想想都可笑。人家是从保加利亚来的，最讲义气了。我相信，他一定寸步不离地守着他家少爷，陪他打破中欧纪录，而且我毫不怀疑，他定然不时奉上冰袋以及各种营养品。吉夫斯，你得以保加利亚为榜样！”

“不，少爷，只怕我的位子不能动摇。”

“可该死，你明明说你要动位子啊。”

“我应该说，我不能放弃这一立场。”

“哦。”

我一阵沉吟。

“你想好了，吉夫斯？”

“是，少爷。”

“你仔细想过了？从头到尾、权衡利弊、度长絜大？”

“是，少爷。”

“所以主意已定？”

“是，少爷。假如少爷当真打算继续弹奏那把乐器，恕我别无选择，只有离去。”

伍斯特的热血一阵沸腾。近几年来，因为种种机缘状况，家里一向是这家伙大权在握，一如墨索里尼。这事先不提，咱们就事论事：说穿了，吉夫斯是谁？区区一个贴身男仆而已，领薪水的仆从。身为少主人，总不能一味地唯贴身男仆马首是瞻——是不是马首是瞻？记得是跟马脑袋有关——没完没了啊。总有些时刻，他必须牢记先祖在克雷西战役[1]中的骁勇，凛然以对。眼下就是这种时刻了。

“那你走吧，该死！”

“遵命，少爷。”

1 Battle of Crécy，1346年8月26日，在法国北部克雷西附近，英国国王爱德华三世打败法国国王腓力六世，是英法百年战争中以弱胜强的著名战役。

2

扎 飞

我承认，半小时后，我拄着手杖，戴着帽子，套着柠檬黄的手套，走上伦敦街头的时候，心情是有些沉重的。我不敢去想没有吉夫斯的日子，但我绝不妥协。等拐进皮卡迪利广场时，我已经一身钢筋铁骨，觉得用不了一会儿工夫，鼻子里就要哼上一声，甚至大吼伍斯特家族的战斗口号了。但就在此时，我注意到远处出现了一个熟悉的身影。

这熟悉的身影不是别人，正是我的童年伙伴，扎福诺男爵五世是也。诸位或许还记得，前一晚我看到和格洛索普那只地狱恶犬相谈甚欢的，就是他婶婶默特尔。

一看到扎飞，我立刻想起自己正琢磨找乡间茅舍的事儿，他简直是送上门来了。

不知道我以前有没有讲过扎飞的事儿？要是讲过，诸位可一定要打断我。可以说我从有记忆以来就认得他了。我们一起念私立小学、伊顿、牛津，可惜现在不常来往，因为他大半时间都泡在萨默塞特郡沿岸的扎福诺·里吉斯，他那儿有一座恢宏的公馆，房间不下一百五十间，周围草场连绵数英里，都是他的地儿。

但是听我这么一说可千万别误会，扎飞并不是我那类富可敌国的哥们儿。这个可怜虫手头紧得厉害，和一般的地主阶级无二。他之所以要住在扎福诺公馆，不过是因为没钱住别处。要是有人主动提出买下他那座房子，他一定会献上热吻。可是这年头儿，哪有人乐意买下那么大一座房产？连租都没人要。于是扎飞一年大半时间都拘在那儿，想找人聊个天，也只有当地医生、神父，还有住在庭园里的孀居小舍[1]的默特尔婶婶和她十二岁的公子西伯里。扎飞的日子过得相当惨淡，想当年在大学混的时候，他也是前途大好的青年呢。

其实扎福诺·里吉斯整个村庄都是他的地盘，不过他也并没有捞上什么好处。我是说，房产税啦，修缮费啦，种种花销算下来，他收的那点租金就见底了，所以这块地有没有都没区别。不过话说回来，他总算是个地主，名下有数间茅舍是不消说的，估计他也乐得把其中一间脱手，何况租客是我这么可靠的青年。

“见到你正合我意啊，”一阵寒暄后我直奔主题，“咱们一块儿去‘鑫斯’吃两口午饭，我有桩生意跟你谈。”

他摇了摇头，为之神往的样子。

“不行啊，伯弟，我约了人，五分钟后在卡尔顿见面。”

“推掉嘛。”

“推不得。”

“呃，那干脆带他一块过来，咱们来个三人行。”

扎飞惨然一笑。

“伯弟，你不会乐意的，我约的人是罗德里克·格洛索普爵

1 Dower House，一般坐落于庭园中，用于安置前任一家之主的遗孀。

士。”

我目瞪口呆。这种事总是有点震撼力的——刚辞别甲君，遇到乙君，而乙君又突然提到甲君。

“罗德里克·格洛索普爵士？”

“对。”

“没想到你也认识他。”

“不大熟，只见过几次面。他跟我婶婶是好朋友。”

“啊！怪不得呢。昨天晚上我看到他们俩一起吃饭来着。”

“哈，要是你一会儿来卡尔顿，就能看到我们俩一起吃饭了。”

“慢着，扎飞老兄，这样明智吗？这样谨慎吗？和这位先生掰一块面包可是天大的折磨呀。我最明白了，这是我的经验之谈。”

“话虽这么说，我可得硬着头皮上。昨天他来了一封加急电报，叫我无论如何都要来见他，我心里琢磨着，八成是他想租下公馆消暑，或者是他认识谁想租的。除非是要紧事儿，不然他不可能拍这种电报啊。伯弟，我非去不可。不过这么着吧，我明天晚上跟你一起吃饭好了。”

这种安排我本来会欣然奉陪，可惜情况有异，我只有拒绝。我已经想好计划、做好安排了，不能说变就变。

“抱歉了，扎飞，我明儿要离开伦敦了。”

“真的假的？”

“真的。我们公寓的管理员叫我要么立刻走人，要么就别弹班卓里里。我选择前者。我正要在乡下找间茅舍，刚才说有生意跟你做就是这个意思。你有没有哪间茅舍能租给我的？”

“五六间都有，随便你选。”

“一定要安安静静、远离尘嚣的。我要好好练班卓里里。”

“正好有一间，绝对合适你。临着海湾，方圆几里内只住了沃尔斯警长一家。他会弹小风琴，你们正好二重奏。”

“那敢情好！”

“对了，今年附近还来了一班黑脸艺人[1]，你可以跟他们切磋琴技。”

“扎飞，这简直是天堂啊。而且咱们终于可以常常见面了。”

“你可别到公馆弹你那个破烂班卓里里。”

“不弹。我会常常过去陪你吃午餐。”

“你太好了。”

“别客气。”

“对了，吉夫斯怎么想？我还觉着他不会乐意离开伦敦呢。”

我身子一僵。

“吉夫斯对此事以及其他事都没有任何看法。我们已经分道扬镳了。”

“什么！”

我就料到这个消息会吓他一跳。

“是的。从今往后，吉夫斯走他的阳关道，我过我的独木

1 黑人演出团（Minstrel show），于1830年出现于美国，20世纪40年代风靡英国。白人演员用炭灰（burned cork）将脸和手部涂黑，模仿美国南部黑人，节目混合歌舞、说笑等；美国著名作曲家史蒂芬·福斯特（Stephen Foster，1826—1864）创作了大量此类歌曲。后由于这种表演中含有种族歧视意味，因此逐渐式微。

桥。他居然胆敢威胁我，说我不放弃班卓里里他就不干了。我于是接纳了他的辞呈。”

“你真辞了他？”

“没错。”

“啧、啧、啧！”

“这种事无法避免，”我若无其事地摆了摆手，“我不会自欺欺人，故作高兴，不过我能挺过去。出于自尊，我无法接受他的条件。我们伍斯特家的人是有底线的。于是我说：‘很好，吉夫斯，事已至此。我会特别留心关注你未来的事业发展。’就这么着。”

我们默默地走了一会儿。

“这么说，你真和吉夫斯一拍两散了？”扎飞好像若有所思，“啧啧啧！我去和他道个别，你没意见吧？”

“怎么会。”

“这都是出于礼貌。”

“可不是。”

“我一向佩服他智慧过人。”

“我也是。没人比我更懂了。”

“我吃过午饭就去你家走一趟。”

“你知道路。”我一副若无其事，甚至漠不关心的样子。其实和吉夫斯分道扬镳，让我觉得有点像刚刚踩中了炸弹，正在惨淡的世界里努力把自己拼回原形，但咱们伍斯特就是有本事绷紧嘴唇。

我在“螽斯”吃过午饭，一直泡到晚上。需要思考的事儿太多了。扎飞刚刚说扎福诺·里吉斯海滩有一班黑脸艺人表演，无疑给“利”的那端天平增加了砝码。想到能结识那帮大师，或许还能跟班卓乐手讨教一点指法和表演技巧，我不禁平添了勇气，面对不得不与扎福诺老爵爷未亡人母子时常照面的前景。我常想，有这两个毒瘤时进时出的，扎飞的日子得多艰辛啊。我这话是特别针对西伯里说的，这孩子真该给扼杀在摇篮里。我虽然没有确凿的证据，但却坚信，上次我在公馆小住，在我床上放蜥蜴的罪魁祸首就是他。

不过，我已经准备好忍受这对母子，因为刚才说过，我有机会和真正懂行的班卓琴手密切交流。要知道，大多数黑脸艺人的弦上功夫都无人能比。因此，我返回公寓换晚餐正装的时候，觉得异常闷闷不乐，原因并不在他们。

不错。咱们伍斯特从不自欺欺人。我之所以窝火，是因为想到吉夫斯就要淡出我的生活了。吉夫斯可是前无古人——我一边闷闷地套三件套一边想——后无来者呀。一阵感情在胸中激荡，这并非英雄气短。我感到一丝苦楚。梳妆完毕，我站在镜子前，目光掠过那熨得笔挺的大衣、那无可挑剔的裤线，突然做出了一个决定。

我冲进客厅，按响电铃。

“吉夫斯，”我说，“我有话说。”

“是，少爷？”

“吉夫斯，关于咱们早上的对话。”

“是，少爷？”

“吉夫斯，我前前后后又考虑了一遍。我觉得，咱们俩都太草率了。咱们把过去忘了吧，你可以留下。”

“多谢少爷美意，只是……少爷是否仍然坚持继续学习那件乐器？”

我不禁一愣。

“不错，吉夫斯。”

“那么只怕，少爷……”

足以。我高傲地点了点头。

“很好，吉夫斯，没事了。当然，我会替你写一份绝佳的介绍信。”

“多谢少爷好意。但其实已无必要，今天下午，我已经答应了扎福诺勋爵。”

我吓了一跳。

“下午扎飞偷偷跑过来把你挖走了？”

“是，少爷。估计一周之内，我就要动身随他前往扎福诺·里吉斯。”

“是吗？那好，不妨告诉你，我明天就动身到扎福诺休养。”

“果然，少爷？”

“不错。我在那儿租了一间茅舍。吉夫斯，咱们就在腓利比相会。”

“是，少爷。”

“我的地点引用错了吗？”

“没错，少爷，正是腓利比。”

“很好，吉夫斯。”

“好的，少爷。”

就这样，经历了一连串的变故，7月15日清晨，伯特伦·伍斯特就站到了扎福诺·里吉斯“海景小舍”门前，隔着袅袅飘散的烟圈，若有所思地眺望着眼前的景色。

3

已逝的过去

知道吗，我越活越觉得，生活的诀窍就在于清楚自己想要什么，别管那些自认比你高明的哥们儿怎么劝，都不能动摇。在大都会的最后一天，我在“螽斯”宣布，隔天就要退隐到一处与世隔绝的所在，归期未卜，当时几乎所有人都恳请我——可以说眼里噙着泪花——可千万别这么没头没脑地瞎想。他们说我准得闷死。

但是，我仍然一往无前。来了五天了，我精神饱满，一点儿不觉得后悔。这天阳光普照，碧空如洗，伦敦仿佛远在数英里之外——当然，这是事实。毫不夸张地说，我只觉内心一片澄明。

说故事的时候，我向来搞不清要加入多少景物描写恰当。为此我专门请教过一两个卖文为生的朋友，他们的看法大相径庭。在布鲁姆斯伯里的鸡尾酒会上，我结识了一位老兄，他表示全心拥护描写厨房水槽啦，臭气熏天的卧室啦，就是尽显脏乱差的那些；至于自然之美，一个词：不行。相反，“螽斯”的弗雷迪·奥克，即各种周刊中发表纯爱小说的“艾丽西娅·西摩”，一次对我说，春光中的野花点点、绿草茵茵，每年至少值一百镑收入。

至于本人呢，原则上我对场景基本不做长篇大论，这次也就大略写写吧。这天清晨，我站在茅舍前，目中所见如下：一座很可爱的小花园，园中有灌木一丛、树一棵、花畦数处；一池睡莲，池中立着一座雕像，是个挺着小肚腩的光屁股小孩儿；池子右边横着一排树篱，我新上任的贴身男仆布林克利和邻居沃尔斯警长两人隔着树篱聊得正欢，对方前来叨扰似乎是要拉拢鸡蛋生意。

径直往前又是一排树篱，花园小门开在中间，越过树篱，映入眼帘的就是海港那波澜不惊的水面。其实这处海港和普通海港本来也没什么不同，只不过昨天晚上一艘巨型游艇神不知鬼不觉地泊了进来。目光所及之处，就数这艘游艇最能获得我的激赏和青睐。这艘游艇通体洁白，大小好比少年班轮，扎福诺·里吉斯的海滩由此平添了一丝别样的风情。

好了，以上就是眼前铺开的风景。再加上小径上嗅蜗牛的猫咪和门口吐烟圈的本人，就是画面全貌了。

不对，说错了，这还不是全貌。我的两座车停在路边，这会儿只能瞄到一点车顶。此时此刻，夏日的宁静突然被汽车喇叭声打破，我马上以最快的速度冲刺到大门口，想着可别是哪个披着人皮的魔鬼划了我的宝贝漆。抵达目的地时发现，车里赫然坐了一个小男孩，只见他正若有所思地按喇叭。我刚想冲他脑袋上来这么一下，就认出这正是扎飞的堂弟西伯里，于是手下留情。

“嗨。”他说。

“好啊。”我答。

我故意对他冷若冰霜。床上那只蜥蜴仍然叫我记忆犹新。不知道诸位有没有过类似的经历？刚缩进被窝，准备美美地睡一觉，却发觉睡裤左裤筒里不知打哪儿钻出了一只蜥蜴。这种经历足以叫人刻骨铭心。之前说过，虽然我没有法律证据证明该暴行出自这个小流氓之手，但我几乎可以肯定，十有八九就是他。因此，我这会儿对他不仅冷言冷语，而且还冷眼相向。

但他似乎丝毫不以为意，还是用那种目空一切地眼神看着我，而正派人士之所以不待见他，就是为此。西伯里这小子个头不高，满脸雀斑，一对招风耳，看人的表情让人觉得自己是他在访问贫民窟时碰到的对象。在我的“罪犯相片集”之少年招人烦名册里，他大概位列第三，恶劣程度虽不及阿加莎姑妈的公子小托和布卢门菲尔德先生家的小少爷，不过要远胜于塞巴斯蒂安·莫恩、达丽姑妈的爱子邦佐以及其余一干选手。

他盯着我看了一阵，好像觉得自从上次一别之后我又堕落了，然后才开口。

“请你过去吃午饭。”

“这么说扎飞回来了？”

“对。”

既然扎飞回来了，那我自然是随叫随到。我隔着树篱对布林克利喊话，嘱咐他午饭不在家里用，然后爬进车里，就这么上路了。

“扎飞什么时候回来的？”

“昨天晚上。”

“午饭只有我们俩？”

“不是。”

“那还有谁？”

“我妈和我，还有别人。”

“要摆午宴？那我最好回家换身衣服。”

“别。”

"你觉着我这身不错？"

"不，我觉得难看死了。不过没时间了。"

这个话题就此告一段落，他好一阵子没说话。这孩子还挺爱思考的。之后他打破沉默，开始跟我八卦当地花边新闻。

"我妈跟我搬回公馆住了。"

"什么！"

"没错。孀居小舍有股怪味儿。"

"你走了以后还有？"我思维向来敏锐。

他可不觉得好笑。

"你不用逗我。不妨告诉你吧，我觉着是我那些老鼠。"

"你什么？"

"我养了一群老鼠、小狗什么的小动物。当然啦，是有点儿臭，"他挺客观地加了一句，"但我妈说是下水管。你能不能给我五先令？"

我真跟不上他的思维节奏。他说话这么跳跃，让我觉得好像在做梦。

"五先令？"

"五先令。"

"五先令，什么意思？"

"就是五先令呗。"

"这我懂。我就是想问问，怎么突然扯到这个话题上了？咱们明明在说老鼠，你却突然转到五先令的主题。"

"我想要五先令。"

"就算你确实可能想要这个数目，干吗要我掏给你？"

"为了保护。"

“什么？”

“保护。”

“保护什么？”

“就是保护嘛。”

“休想叫我掏五先令给你。”

“那，好吧。”

他又好一会儿没说话。

“不及时交保护费，是要出事的。”他一副说梦话的样子。

就在这神秘的气氛中，我们的谈话画上了句点，因为这会儿车开上了公馆车道，我看到扎飞站在台阶上。我熄火下车。

“嗨，伯弟。”扎飞说。

“大驾光临有失远迎。”我接口。我向四周瞧了瞧。那小子已经不见踪影了。“扎飞，”我说，“关于西伯里那小鬼，他怎么回事？”

“怎么回事？”

“那，依我看，他是脑瓜坏了。他刚才居然管我要五先令，还念叨着什么保护费。”

扎飞纵情大笑。只见他一身古铜色肌肤，身强体健的样子。

“哦，这事儿呀，这是他最近搞出来的新花样。”

“什么意思？”

“他看了好多黑帮电影。”

我顿时眼前一亮。

“所以他干起了敲诈的营生？”

“是啊。挺有意思的。他逢人就索要保护费，数额根据个人财力不等。还小有成绩呢。这小子有经济头脑。我要是你啊，可一定交。我就交了。”

我大吃一惊。这倒不是因为这话更加证明那个无耻小儿思想病态，而是因为扎飞对此居然能付之一笑。我敏锐地观察他。我从一开始就察觉出他的态度颇为异样。平时呢，每次见到他，他莫不在为经济状况忧心忡忡，打招呼时双眼无神、双眉颦蹙。五天前在伦敦，他就是那副模样。那么，此刻他如此喜气洋洋，就连说起西伯里，口气都近乎纵容宠爱，令人悚然心惊，这究竟是什么名堂？我感到这是一个谜团，于是决定探探口风。

“你婶婶还好？”

“挺好。”

“听说她搬回公馆住了。”

“是。”

“归期不定？”

“嗯，对。”

这就是了。

我必须提一嘴，可怜的扎飞日子一直不好过，原因之一就是婶婶对他的态度。这位夫人对继承的问题一直耿耿于怀。瞧，西伯里并不是扎飞的叔叔、已故第四世男爵的亲生儿子，而是扎福诺夫人上一段婚姻的遗留产物，因此，西伯里就不是老爵爷眼中的“嫡子”。要知道，在继承头衔的问题上，不是嫡子，就根本没戏。男爵四世归天之后，扎飞顺理成章地捞到了爵位和地产。这些都是名正言顺、光明正大的，但是这种事情跟妇人家的无论如何就是说不通，未亡人对他——这是扎飞告诉我的——没一天好脸色。她的惯用伎俩是搂着西伯里，用目光责备扎飞，好像扎飞强占了人家母子的财产似的。她嘴上虽然不说什么，可她用态度表明，她自认是卑鄙手段的牺牲品。

总而言之，扎福诺遗孀和扎飞没有成为莫逆之交。他们关系一向紧张，我想说的就是，每次一提到她的名字，扎飞那清秀的脸上就会浮现出痛苦的神色，并且有一丝抽搐，就像扯到了旧伤口。

但他现在却露出一副笑脸。即使听我提到她住公馆的事儿，他也不为所动。很明显，这里头有秘密。有什么事故意瞒着伯特伦。

我单刀直入。

“扎飞，怎么回事？”

“什么怎么回事？”

“你这么乐得慌。你骗不了我，我可是堂堂‘鹰眼’伍斯特。坦白交代吧，伙计，有情况。你乐得要命，究竟是为什么？”

他犹豫了，并眯缝着眼睛打量了我一会儿。

“你能保守秘密吗？”

“不能。”

“算了，其实也无所谓，反正一两天内就要在《晨报》上公开了。伯弟，”扎飞压低声音说，“你猜怎么着？我婶婶这个社交季就脱手啦。”

“你是说有人打算娶她？”

“没错。”

“是哪个白痴？”

“你的老相识，罗德里克·格洛索普爵士。”

我目瞪口呆。

“真的假的？”

“我当时也很吃惊。”

“但他老先生不可能想着娶妻啊。”

“干吗不？他丧偶都两年多了。”

“咳，我敢说他总能编个故事什么的，我是想说，他好像跟橙花还有婚礼蛋糕很不搭呀。”

“这事儿千真万确。”

“要命！”

“可不是。”

“至少有一点好，扎飞老兄。小西伯里马上有个折磨人的后爸，而老格洛索普摊上这么个继子，也正合我意。这两位终于遭报应了。但想想看，一个女人得疯成什么样才愿意跟他共度余生啊。巾帼英雄啊！”

“这英雄精神可不只是一边儿的。我觉着是平分秋色吧。伯弟呀，这个格洛索普人还是挺好的。”

这我可不能苟同。这么说话简直是不经大脑。

“老兄，你这是不是言过其实了？没错，他是帮你摆脱了婶婶这个包袱……”

“还有西伯里。”

“还有西伯里，不错。即便如此，也不能说那个老害人精‘人挺好’吧？我不是时不时跟你讲过他那些事迹吗？还记得吧。全都表明他靠不住。”

“那，反正他帮了我大忙。那天他紧急召我到伦敦见面，你知道是什么事吗？”

“什么事？”

“他联系了一个美国人，他觉着有望卖掉公馆。”

“真的假的？”

“真的。一切顺利的话，我总算能把这间破房子转手，口袋里有几个钱了。这一切都多亏了罗德里克叔叔啊。他以后就是我的亲叔叔。所以呢，伯弟，你以后得留心，不许再恶意中伤他，尤其不能把他和西伯里混为一谈。为了我，你一定要学会敬爱罗叔。”

我大摇其头。

“不行，扎飞，恐怕我的立场不能动摇。”

“嘿，那你去见鬼吧，”扎飞和颜悦色地说，“对我来说呢，他就是救命恩人。”

“你肯定这事能成？这个美国佬买下这么大块地做什么？”

“啊，很简单。他跟格洛索普是好朋友，他们计划一方出钱，一方打理，把这里改造成格洛索普那些神经病人的乡下俱乐部之类的。”

“那格洛索普直接租下来不就得了？”

“我亲爱的笨蛋，你以为这房子是个什么状况？你是不是觉得这地儿能敞开大门直接营业？大部分房间都四十年没人住过，至少得投一万五千镑用作修缮。这还不止呢。还得添新家具、新设备什么的。要是没有这种百万富翁，我这辈子都休想把这房子脱手。”

“哦，他是个百万富翁？”

“对，所以钱是没问题。我就担心他不肯签字。是这样的，他中午过来用膳，我们准备得很丰盛。美餐一顿，他准保好说话，你说呢？”

“除非他消化不良，美国不少百万富翁都是。你这位阔佬说不定只能消化一杯牛奶、一块狗饼干。”

扎飞快活地大笑。

“才不会。老斯托克才不是那种人。”他突然蹦跶起来，活像春日里的小羊羔，“嗨——嗨——嗨！”

一辆车开到台阶前停下了，几位乘客鱼贯而下。

乘客甲是J.沃什本·斯托克，乘客乙是他的千金玻琳，乘客丙是他的小儿子德怀特，而乘客丁则是罗德里克·格洛索普爵士。

4

玻琳·斯托克的烦心事

不得不说，我一下子乱了方寸。这么些年以来，这么厉害的打击还是头一遭。就算偶遇“已逝的过去”的地点是在伦敦，那也够我受的，而偏巧在这儿遇见了，而且眼前还有一顿漫长的午宴等着，这简直是不能再糟了。我勉强拿出应有的礼节，脱帽致意，但此时脸上已然写满尴尬，胸口也闷得慌。

扎飞正忙着尽地主之谊。

“嗨——嗨——嗨，来啦？斯托克先生，您好。罗德里克爵士，您好。嗨，德怀特。呃——午安，斯托克小姐。给大家介绍一下吧，这是我的朋友，伯弟·伍斯特。斯托克先生——我的朋友，伯弟·伍斯特。德怀特——我的朋友，伯弟·伍斯特。斯托克小姐——我的朋友，伯弟·伍斯特。罗德里克爵士——我的朋友，伯弟……哦，对了，你们认识的，是吧？”

我还没回过神来。大家也同意吧，这种情况换成谁都要阵脚大乱。我扫视这几个来客，斯托克愣愣地盯着我，格洛索普愣愣地盯着我，德怀特愣愣地盯着我。只有玻琳例外，她好像完全不觉得有什么不对劲儿，冷静如半扇贝壳上的牡蛎，活泼如春风拂柳，仿佛大家如约见面似的。伯特伦只敢试探性地嘟囔一句“哟”，她却直接奔过来，一边寒暄，一边热络地握住我的手。

“啧啧啧！伍斯特上校！真没想到会在这儿遇见你，伯弟。我在伦敦的时候去找过你，但听说你走了。”

“是，到这儿来了。”

“看出来了，你这束小阳光。哈，先生，我这一天总算没有虚度嘛。你气色不错，伯弟。爸，你看他是不是挺精神？”

斯托克似乎很不情愿对男色评头论足。他哼了一声，声音好像猪吞掉半只卷心菜，然后就再也不肯表态了。德怀特那孩子挺严肃，就站在那儿默默打量我。罗德里克爵士的脸色本来涨成猪肝色，这会儿颜色渐渐褪去，但明显是内心情感遭受重创的样子。

幸好这时候扎福诺老爵爷的未亡人出场了。这位爵夫人属于威严型的，看架势像猎狐队队长[1]。她不声不响地掌控了群众场面。还没等我反应过来，大家伙儿已经撤进屋去了，原地只剩下我和扎飞两个。只见扎飞神情古怪地盯着我，还微微咬着下唇。

“伯弟，我怎么不知道你也认识他们。”

“在纽约认识的。”

“你和斯托克小姐见过不少次？”

“偶尔吧。”

“只是偶尔？”

“相当偶尔。”

“我看她好像跟你很熟络。”

“哦，哪有，一般吧。”

1　猎狐队队长（The Master of Hounds/Foxhounds，MFH），负责训练和指挥猎狐犬，传统形象为脸色紫红、嗓音嘹亮、脾气暴躁。

“我还以为你们是好朋友呢。”

“哦，哪有，普通朋友。她跟谁都是那样。”

“是吗？”

“哦，没错。瞧，人家就是大方嘛。”

“她性格开朗、豪爽、慷慨、自然、真诚，是吧？”

“绝对的。”

“样子也美，伯弟。”

“哦，很是。”

“魅力四射。”

“哦，的确。”

“可以说令人倾心。”

“哦，没错。”

“我在伦敦见过她不少回。”

“哦？”

“我们一起逛过动物园，还有杜莎夫人蜡像馆。”

“这样啊。她对买房子的事有什么想法？”

“她好像挺赞成。”

“告诉我，兄弟，”我急于摆脱上一个话题，“胜算如何？”

扎氏眉头一皱。

“时好时坏。”

“这样啊。”

“不确定。”

“明白了。”

“斯托克这老先生害得我怪紧张。他人基本上挺友好的，但是我总忍不住觉着他随时可能大发雷霆，说反悔就反悔。对他有什么不该说的禁忌话题没有？你知道吗？”

“禁忌话题？”

“咳，你明白的。毕竟不熟嘛。可能你说了句天儿不错，结果他一下子脸煞白，说太太和司机跑了那天也是天儿不错。”

我一阵沉吟。

“哦，我要是你呢，”我说，“我就尽量少提伍斯特的话题。我是说，要是你打算吹捧我——”

“我没有。”

“哦，反正别。他不大待见我。”

“为什么？”

“没什么道理可言，没眼缘之类的。而且我琢磨，老兄，要是你无所谓，我待会儿还是别上桌了。你告诉你婶婶，说我有点头疼。”

“嗯，要是他一看见你就忍不住怒火中烧……他干吗这么抵触你？”

“不知道啊。”

“嗯，幸好你跟我说了。那你还是开溜吧。”

“马上。”

“我也应该进去招呼他们了。”

他说罢就进屋去了。我在石子路上来回踱步，心里很高兴能自己静一静。我正打算琢磨琢磨他对玻琳·斯托克的态度问题。

大家不妨倒回去一点，用“心眼”回忆回忆他刚才针对人家说的那段话。

有什么想法没？

没有？

哦，好吧。当然了，要想领会其关键，必须得身临其境地观察他的言行举止才行。我最擅长鉴貌辨色了，而扎飞的貌色尤其有门道。提到玻琳的时候，他不仅表情如同青蛙标本，外加一丝《灵魂苏醒》[1]的意味，其脸孔更是呈现出深绯红色。他鼻尖微颤，举止也透着不好意思。凡此种种使我坚信，我这位老同学是彻底沦陷了。按说他认识倾慕对象不过几天而已，这似乎也太着急了点儿。不过扎飞就是这性子。急躁冒进，兴之所至，一往无前。你只要替他物色好对象，剩下的就不用你操心了。

嗯，果真如此的话，我也并不介意。伯特伦不是狗占马槽那种人。对我来说，无论玻琳·斯托克花落谁家，这位被弃如敝屣的求婚者都只有一句衷心的“放马去吧”！这种事呢，过后冷静地一琢磨才能明白。最初那阵子伤心欲绝，直到某天突然醒悟，这其实不失为幸事，然后就释然了。我承认，玻琳是我这辈子见过的最美丽动人的女孩子，但驱使我当天晚上在广场将一颗真心抛在其裙下的爱火已然熄灭，了无痕迹。

就这么抽丝剥茧——是这个词吧，我最终得出结论：我之所以改变初衷，是因为她精力充沛得叫人吃不消。玻琳·斯托克赏心悦目是不假，但她有一个严重的缺点：还没开早饭，她就要拉你去游上一英里；午饭后，你正想打个盹，她又把你拖去网球场，厮杀五个回合。我大彻大悟后发觉，能胜任伯特伦·伍斯特太太一职的，应该是珍妮·盖诺[2]那样的。

1 Soul’s Awakening，英国肖像画家詹姆斯·桑特（James Sant，1820—1916）的画作，画中少女手握书本注视远方，若有所思。

2 Janet Gaynor（1906—1984），美国影星，出身默片，常扮演天真无辜的弱女子。

但到了扎飞那里，我认为不足的，都不能称其为不足。瞧，他也属于精力充沛型的，没事儿就骑马、游泳、射箭、大喊大叫吓唬狐狸，总之是成天折腾。他和斯托克小姐简直天生一对，我觉得，只要需要我帮把手促成这段姻缘，我一定不遗余力。

刚想到这儿，我看到玻琳出了屋子，向我逼近，显然是想聊聊天、叙叙旧什么的，鉴于刚才那番深思熟虑，我也就没有转身走人，而是爽快地打个了招呼，由她领着拐上一条杜鹃丛生的小径。

以上种种皆表明，说到成全哥们儿，伍斯特是赴汤蹈火在所不惜。话说我无论如何也不想和这位小姐两两相对。适才刚从偶遇的震惊中缓过劲儿，但想到要絮叨知心话，我一阵心绪起伏。分手的消息是她通过信件传达的，而上次碰面，我们还是订了婚的小两口，因此我这会儿有点搞不清该摆什么态度。

但是，想到可以替扎飞美言几句，我平添了几分勇气。我们找了一张朴素的长椅坐下，开始进入议程。

“伯弟，能在这儿碰见你，真是不可思议呀，”她先开了口，“你怎么会跑到这附近？”

“我暂时隐居在此，”我回答道，我很高兴，开场的题目可谓是不含感情色彩，“我需要找个地方安安静静地弹班卓里里，所以在这儿租了一间茅舍。”

“什么茅舍？”

“我租了间茅舍，就在海湾边上。”

“你遇见我们肯定很吃惊吧。”

“可不是。”

“是惊讶，而不是惊喜，嗯？”

“那，丫头，看到你我当然很高兴，至于令尊和格洛索普嘛……”

“他可不是你的头号影迷，是吧？对了，伯弟，你真在卧室里养猫呢？”

我身子不由一僵。

“我卧室里曾经有猫是不假，不过你所影射的那桩公案，背后其实隐藏了一个合情合理的……”

“好啦，你别紧张，也不用解释。不过我爸听说这事的时候，你是没看见他那表情。说到我爸的表情，要是这会儿看见了，我准要笑死。”

我摸不着头脑。老天做证，我这个人最有幽默感，但J.沃什本·斯托克的表情却从来没让我觉着好笑。我反而觉得他像南美内陆的海盗——体形壮硕，眼神凌厉。我看到他不仅不想笑，每次站在他面前，我都觉得底气不足。

“我是说，要是他突然现身，让他看到咱们俩肩并肩的。他以为我对你余情未了呢。”

“真的假的？”

“真的，我发誓。”

“可是，该死……”

“一点儿不假。他自以为是维多利亚时代的严父，棒打鸳鸯后得时刻警惕，提防两人见面。他哪里知道，你收到我的分手信，简直要乐翻天了。”

“哪有！”

“伯弟，不用跟我装假。你明白，你心里高兴着呢。”

“这叫我怎么说。”

“不用说出来，为娘的明白。”

"该死，别这样！我真心希望你别说这种话。你在我心里永远神圣不可侵犯。"

"你什么？你这些话都是打哪儿学来的？"

"哦，估计是跟吉夫斯学的，主要是他。我上一个贴身男仆——他现在不在啦——很有文学素养的一个人。"

"你说'不在'，是说他归天了？"

"他不干了。因为他不喜欢我弹班卓里里。覆水难收，他现在是扎飞的贴身男仆。"

"扎飞？"

"就是扎福诺男爵。"

"哦？"

接下来我们都没说话。她默默听了一阵子附近树枝上的鸟儿叽叽喳喳吵架。

"你跟扎福诺男爵认识很久了？"她开口问。

"哦，可不。"

"是好朋友？"

"说是知己才恰当。"

"那好。这正合我意。我想跟你说说他的事。我可以跟你讲讲心里话，是吧，伯弟？"

"当然。"

"我就知道。前未婚夫就是有这个好处，分手之后，就像姐妹。"

"我怎么会认为你是败类呢，"我热切地答，"你根本有权……"

"不是败类，是姐妹！"

“哦，姐妹啊。你是说，你把我当兄弟？”

“不错，兄弟。你反应还真快。我现在要你以兄弟的身份，跟我讲讲麻麻杜克。”

“谁？不认识。”

“扎福诺勋爵啊，笨蛋。”

“他叫麻麻杜克？啧啧！俗话说贫富不相知，还真是，啊？麻麻杜克！”我纵声长笑，“我记得上学那会儿，一提到这个问题他就躲躲闪闪、鬼鬼祟祟的。”

她好像恼了。

“这个名字好听得很！”

我瞥了她一眼，目光如炬。我就觉着这里面有问题。要是有人说“麻麻杜克”这个名字好听得很，那一定是有意为之、别有用心的。果不其然，只见她目光盈盈，脸颊也红扑扑的。

“哟！”我说，“哟哟哟！哟！”

她一副不服气的样子。

“行了行了，”她说，“别装福尔摩斯了。我又没想瞒着你，我正要说呢。”

“你爱上了这个……哈哈！对不住……这个麻麻杜克？”

“爱得发疯。”

“好嘛！那，要是你说的是……”

“他后面的头发乱乱的、蓬蓬的，难道不令人心动？”

“我正经事儿一大堆，可没闲工夫盯着扎飞的后脑勺。不过呢，我刚才说到，要是你说的是真心话，那准备接受喜讯吧。我向来洞若观火，不久前，我和这位老兄聊天之际，一提到你，他双眼立刻瞪成灯泡状，因此我确信，他对你如痴如狂。”

她不耐烦地一耸肩膀，赌气似的将一只路过的地蜈蚣消灭于玉足之下。

“我知道，你这个傻瓜。你以为女孩家的看不出来？”

我大惑不解。

“那，既然他爱你，你爱他，你又何必拉着我发牢骚？”

“怎么，你不明白？他显然爱我爱得不能自拔，可一直默不作声。”

“他不肯表白？”

“半个字儿也没有。”

“那，这不是很自然吗？你肯定明白，这种事总要有点矜持、有点分寸吧？他现在当然什么也不能说。该死，给他个机会嘛。你们认识不过五天而已。”

“我有时觉得，上辈子他是巴比伦国王，我则是基督女奴。”

“你怎么会产生这种想法？”

“就是感觉。”

“那，自然是你最懂啦。不过依我看是不大可能，算了，你想让我怎么帮忙？”

“那，你们不是朋友吗。你可以给他点暗示，鼓励他说不用胆怯……”

“那不叫胆怯，那是周到。刚刚才跟你解释过，我们男士在这个问题上有一套准则。坠入爱河可能是一眨眼的事儿，但过后要打一阵子退堂鼓，这是分寸的问题。我们是完美、温柔的骑士，并认为，若是直接奔着人家姑娘过去，实在不合礼数。那就好比横冲直撞闯进餐车找汤喝。我们……”

“胡说八道！咱们认识两周，你就开口求婚了。”

“啊，那是因为我伍斯特风流不羁嘛。”

“那，我不明白……”

“嗯？”我说，“继续，咱们洗耳恭听。”

她的视线掠过我，投向东南方向。我一转头，发现有人来了。

只见这个身影散发出一种毕恭毕敬的谦逊态度，阳光照亮了他那棱角分明的脸孔——正是吉夫斯。

5

包在伯弟身上

我亲切地点头致意。虽然我与此人的业务关系一刀两断了，但伍斯特向来温文有礼。

“啊，吉夫斯。”

“午安，先生。”

玻琳好像很感兴趣。

“这就是吉夫斯？”

“这就是吉夫斯。”

“听说你不喜欢伍斯特先生的班卓里里？”

“不错，小姐。”

我不希望他们就这个敏感话题展开讨论，或许是这个缘故吧，我的口气有点冲。

“怎么，吉夫斯？什么事呀？”

“是斯托克先生问起斯托克小姐的下落，先生。”

嗯，是了，老先生时刻严阵以待的，但我总觉得这有点不合时宜。我转身望着玻琳，客气地吩咐她可以退下了。

“那你快回去吧。”

“是啊。那我的话你不会忘吧？”

“这个问题我会从速办理。”我向她保证。

她扬长而去，留下吉夫斯和我两个人相对无言。我若无其事地点了支烟。

“那，吉夫斯。”

“先生？”

“我是说，咱们又见面啦。”

“是，先生。”

“腓利比，啊？”

“是，先生。”

“你跟着扎飞，做得还顺手吧？”

“一切尽如人意，先生。相信先生的新随从也令人满意吧？”

“哦，挺好，没得挑。”

“那我就放心了，先生。”

一时都没话说。

“呃，吉夫斯。”我说。

说来也怪。我本来打算寒暄两句就漫不经心地点点头，把他打发掉。可是俗话说积习难改——我是说，吉夫斯近在眼前，而我刚刚接手的问题呢，又恰恰是我平时习惯找他咨询意见的那种，而且不知道怎么了，我好像在长椅上定住了似的。总而言之，我原计划是若即若离爱搭不理，再微微一点头，但我非但没依计行事，反而不由自主地要请他指点一二，仿佛两个人根本没生分。

“呃，吉夫斯。”我说。

“先生？”

“我想呢，要是你这会儿有空，我有句话跟你说。”

“先生但说无妨。”

“我想听听你对扎飞的看法。”

“是，先生。”

他不动声色，却透着成竹在胸的气质，再加上那熟悉的“但求少爷满意”的忠心耿耿的模样，我不再犹豫了。

“咱们得帮男爵五世一把，我这么说，你同意吧？”

“先生的意思是？”

我老大不耐烦，他怎么这么——那个词怎么说来着？

“行了，吉夫斯。我这句话的意思，是你知我知。少些装模作样，多拿些见义勇为的精神出来嘛。你在他手下当差都快一周了，肯定通过观察推理得出结论了。别跟我打马虎眼。”

“要是我猜得不错，先生是指爵爷对斯托克小姐的感情？”

“一点不错。”

“爵爷对斯托克小姐抱有深切而热烈的感情，已经超越了普通友谊，这我自然有所察觉，先生。”

“如果我说他对人家如痴如狂，这话不过分吧？”

“不，先生。先生形容得可以说恰到好处。”

“那就好。好了，你听着。神女呢，也有意，吉夫斯。”

“果然，先生？”

“你来那会儿她正跟我说这事儿呢。她坦言自己为人家不能自拔，而且她很烦心，这个可怜虫，是相当烦心。她凭着女性的直觉，猜中了对方的秘密，也看到对方眼里盛满爱意。这些正合她的心思。但是叫她担心的是，对方不向人诉说他的爱情，让隐藏在内心中的抑郁像……像什么来着，吉夫斯？”

“蓓蕾中的蛀虫，先生。”

“侵蚀着他的那什么……”

“缎色的脸颊，先生。”

“缎色？你确定？”

“是，先生。”

“那好吧。这是搞什么名堂？人家爱她，她也爱人家，这还有什么顾虑？我刚刚劝她说，扎飞之所以止步不前，完全是出于矜持，但我根本不信这一套。我了解扎飞，他向来雷厉风行，无人能及。说到求婚，要是一周之内没搞定，他准觉得自己江河日下了。可瞧瞧他现在，半点动静也没有。怎么回事？”

“爵爷心里有所顾忌，先生。”

“什么意思？”

“爵爷考虑到自己经济上捉襟见肘，因此无权攀附斯托克小姐这样的富家小姐。”

“可，该死，爱情嘲笑……不对，怎么会……是锁匠，是不是？”

“的确是锁匠，先生。”

“而且她也不是大富大贵嘛，我看就是小康水平。”

“不，先生。斯托克先生家产高达五千万美元。”

“什么！胡说八道，吉夫斯。”

“不，先生。据我所知，他不久前从已故的乔治·斯托克先生那里继承了这笔遗产。”

我目瞪口呆。

“老天，吉夫斯！远房堂兄乔治翘辫子了？”

“是，先生。”

“还把财产留给了斯托克？”

“是，先生。”

“这下我懂了，这下我全明白了，这就说得通了。我就琢磨他怎么买得起这么大一份产业呢。还有港口那艘游艇，自然也是他的？”

“是，先生。”

“啧啧啧！可是乔治肯定有近亲啊。”

“的确，先生。但据我所知，他的近亲都不讨他喜欢。”

“看来你知道他不少事？”

“是，先生。我们在纽约的时候，我和他的贴身侍者本斯特德常有往来。”

“他疯疯癫癫的，是不是？”

“的确称得上是特立独行，先生。”

“那他那些亲戚有没有可能对遗嘱有异议？”

“应该不会，先生。不过若是发生这种情况，斯托克先生自然会请罗德里克·格洛索普爵士出面作证，指出已故的斯托克先生纵然性格乖张，但心智完全正常。罗德里克爵士是声名卓著的精神问题专家，他的证词自然不容置疑。”

“你是说，在他看来，只要自个儿乐意，用手倒立着走路又有何不可？省得皮鞋磨损什么的？”

“先生一语中的。”

“这么说，斯托克小姐别无选择，只能本本分分地给身家五千万美元的老爸当继承人，守着藏在壁炉砖头后的银子？”

“确然无疑，先生。”

我一阵沉吟。

“嗯。所以呢，除非老斯托克买下公馆，不然扎飞就要继续当他的少年拉撒路，一穷二白。好一个戏剧冲突。可是话说回来，吉夫斯，他对钱的事儿怎么这么看不开？毕竟，穷小子娶富家女的前例多的是。”

“是，先生。但爵爷对这个问题自有见解。”

我想了一想。不错，这的确不假。扎飞这家伙，在钱的问题上颇有点古怪，估计是扎福诺家族的傲骨作祟吧。多年来，我总想找机会周济他，但他每次都严词拒绝，不肯敲我的竹杠。

“不好办哪，”我说，“这会儿还真是没辙。不过吉夫斯，也许你说的不对。这毕竟是你的猜测。”

“不，先生。承蒙爵爷信任，对我吐露了心声。”

“真的？你们怎么会聊起这个来？”

“斯托克先生表示希望我到他那里当差。他为此特别找过我。我知会了爵爷，爵爷劝我不要抱一丝希望。”

“你难道是说，他叫你抛下他去追随老斯托克？”

“不，先生。爵士的意思恰恰相反。他明确表态，语气坚决。他只是希望我暂时不要明确回绝，而是采取拖延战术，直到扎福诺公馆的买卖成交。”

“这样啊，我明白他的策略。他想叫你哄着他、顺着他，好叫他在重要文件上签字？”

“一点不错，先生。之后，爵爷就向我吐露了他对斯托克小姐的想法。除非爵爷的财政状况有所好转，否则，他出于自尊，绝不会向对方求婚。”

“大傻瓜！”

“我自然不敢如此唐突，先生，但坦白说，我认为爵爷的看法未免有些不切实际。”

“咱们得劝他放弃这个想法。”

“先生，只怕此路不通。我试过温言相劝，但无济于事。爵爷有心结。”

“什么？”

“心结，先生。是这样的。爵爷曾看过一场音乐喜剧表演。剧中的主人公喔喔利勋爵家境败落，一心想娶一位美国富家小姐为妻。这个剧中人似乎给爵爷留下了难以磨灭的印象，他毫不含糊地对我说，绝不允许自己落人口实，将两人妄加比较。”

“但假如买卖最终不成呢？”

“果真如此，我只怕……”

“缎色的脸颊会经年累月在老地方不见不散？”

“先生所言极是。”

“你确定是‘缎色’？”

“是，先生。”

“我觉着说不通啊。”

“先生，这是古语中的形容，我想此处是用来描述颜色健康。”

“那，正好符合扎飞。”

“是，先生。”

“可是得不到心上人，颜色健康又有什么用？”

“先生所言甚是。”

“吉夫斯，你有什么建议？”

“只怕我暂时也毫无头绪，先生。”

“得了得了，吉夫斯。”

“不，先生。既然问题出在心结，我也有些一筹莫展。只要爵爷走不出喔喔利勋爵的阴影，我们就束手无策。”

“肯定有策的。吉夫斯，你怎么突然示弱了呢？这可不像你呀。显而易见，咱们得推他跳过这个坎儿。”

“只怕我不明白先生的意思。”

“有什么不明白的。这事儿一目了然嘛。扎飞呢，这会儿只知道围着人家姑娘傻站着。咱们得刺激他一下。要是他以为有人要先下手为强，那他准会把那些傻念头抛到脑后，鼻孔冒火地冲过去，是不？”

“冲冠一怒为红颜，这毋庸置疑，先生。”

“你猜我打算怎么做，吉夫斯？”

“猜不出，先生。”

“我打算吻斯托克小姐，同时安排扎飞看到。”

“这，先生，我以为不可……”

“安静，吉夫斯。这事儿我都盘算好了。就在咱们聊天这会儿，我突然计上心头。午饭过后，我会想办法把斯托克小姐引到身边坐下。你负责安排扎飞尾随过来。我一瞥到他的眼白，就三下五除二，把斯托克小姐搂进怀里。要是这样都没用，那就真的没辙了。”

“只怕先生如此要冒着极大的风险。近来爵爷情绪不稳。”

“咳，为了兄弟，咱们伍斯特奉献一只黑眼圈又有什么。行了，吉夫斯，讨论到此为止，我意已决。接下来就是安排一下时间表。估计他们两点半左右吃完午饭……对了，我一会儿不上桌了。”

“是吗，先生？”

“不错。我没法对着那帮人。我就在这儿待着，替我弄点三明治，还有半瓶佳酿。”

“遵命，先生。”

“哦，对了，这种天气，餐室的落地窗应该会开着。你三不五时就悄没声地凑过去，听一耳朵。可能会谈到什么重要话题。”

“遵命，先生。”

“三明治多放点芥末酱。”

“遵命，先生。”

“还有，二时三十分整，传话给斯托克小姐，说我找她有事。二时三十一分，传话给扎福诺勋爵，说斯托克小姐找他有事。剩下的就看我的吧。”

“遵命，先生。”

6

好事多磨

等了好一会儿，吉夫斯才端来食物。我立刻放下矜持，一个饿虎扑食。

“你还真能磨蹭。”

“我刚才遵照先生的指示，在餐室窗外探听情况。”

“哦？有什么收获？”

“对于斯托克先生对购买公馆有什么打算，我没能查探到任何蛛丝马迹，不过他兴致很高。”

“听着有希望。意气风发，啊？”

“是，先生。他邀请在场的所有人去游艇参加聚会。”

“这么说，他要在这儿住下了？”

“据我所知，是要待上一段日子。听说是船舶的螺旋桨出了问题。”

“大概是他的白眼给吓的。那聚会呢？”

“原来明天是德怀特·斯托克小少爷的生日，先生，因此这其实是一场生日宴。”

“大家都表示却之不恭？”

“的确，先生。只不过西伯里小少爷略有些气恼，因为德怀特小少爷有些傲慢地断言，说他敢打赌，西伯里小少爷不仅没登上过游艇，而且连闻都没有闻过。”

“那西伯里怎么说？”

“他反驳道，自己登过的游艇何止千百万。确切地说，如果没记错的话，他当时说的是‘万亿’。”

“然后呢？”

“之后德怀特小少爷口中发出一种怪声，想是他对上述说法抱有怀疑。但此时斯托克先生急忙息事宁人，说打算聘请一班黑脸艺人到聚会上表演助兴。应该是爵爷提到这班艺人在扎福诺·里吉斯。”

“这个消息同样大受欢迎？”

“的确，先生。但西伯里小少爷说，他敢打赌德怀特小少爷从来也没听说过‘黑脸艺人’。不一会儿，只听老夫人训斥了一句，据推断，应该是德怀特小少爷冲西伯里小少爷扔了一只土豆。之后气氛有些不愉快。”

我忍不住咋舌。

“怎么没人给这两个孩子套上口套，用链子拴起来。事情要叫他们给搅黄的。”

“幸而很快雨过天晴了，先生。我离开的时候，大家一派和乐融融。德怀特小少爷解释说自己手滑没有拿稳，对方也大方地接受了道歉。”

“那，速速回去，看能不能再收集点信息。”

“遵命，先生。”

我吃掉三明治，喝光那半瓶酒，然后点了支烟，后悔自己没吩咐吉夫斯端些咖啡来。不过这种事根本不劳我吩咐，不一会儿，他就端来了香气氤氲的杯盏。

“午餐刚刚结束，先生。”

“啊，你见过斯托克小姐了？”

“是，先生。我转告说先生有事找她，她稍后就来。”

“怎么没马上来？”

“我刚刚转达完消息，爵爷就过来找她叙话。”

“那你也跟爵爷说了要他过来？”

“是，先生。”

“不妙啊，吉夫斯。百密一疏，他们要一块儿过来了。”

“先生不必担心。若是看到爵爷朝这个方向过来，我有办法拖延片刻。”

“比如——”

“我早想问问爵爷，如何看待购买一些新袜子的问题。”

“嗯！你知道一说起袜子你总是没完没了，吉夫斯。可别一时忘情，跟他聊上一个小时。我这事儿得速战速决。”

“先生放心。”

“你跟斯托克小姐传话是什么时候的事？”

“大约一刻钟前，先生。”

“怪了，她怎么还没来。不知道他们俩说什么呢？”

“恕我不清楚，先生。”

“啊！”

我瞥见灌木丛中白影一晃，接着玻琳就现身了。她比平时还要妩媚动人，尤其是那对眸子，如同一对熠熠生辉的星辰。尽管如此，我的想法并没有动摇：一切顺利的话，跟她喜结连理的人是扎飞，而不是我，这是万幸。说来也怪。对方明明是绝色佳人，但你还是觉着娶到家里绝对不是赏心乐事。这就是人生吧，我琢磨。

“嘿，伯弟，”玻琳说，“你说头疼是什么名堂？我看你疼归疼，也没亏待自己嘛。”

“我随便吃两口。吉夫斯，你把这些撤了吧。”

“遵命，先生。”

“别忘了，要是爵爷找我，我就在这儿。”

“先生放心。”

他收好碟子杯子瓶子，转身离去。看到他离开，我真说不上是高兴还是遗憾。我这会儿紧张得要命，如惊弓之鸟，这么说大家懂吧。如坐针毡，蓄势待发。要说我此时此刻的心理活动嘛，这么说吧：我仿佛再次站到了大牛·宾厄姆在东区举办的那场教堂兄弟娱乐表演的舞台上，开始唱《阳光少年》。

玻琳一把抓住我的胳膊，好像打算交流一下。

“伯弟。”只听她说……

但我突然瞧见一丛灌木后边露出了扎飞的脑瓜，刻不容缓，这种事必须当机立断，不容犹豫。说时迟那时快，我将玻琳一把搂进怀里，正中她右边额头。我承认这回没有发挥最佳水平，不过吻得还算恰到好处，我估计应该能收到效果。

效果无疑会有的，如果这个节骨眼上从左侧登场的人是扎飞。可惜不是。刚才我透过枝叶只瞄到洪堡帽一晃而过，很不幸，我栽了个跟头。眼前出现的人是斯托克老爹，实话实说，我发觉自己颇有点尴尬。

这还真有点解释不清，这大家得承认吧。话说这位父亲夙夜忧叹，不仅对伯特伦·伍斯特深恶痛绝，同时又深信闺女对人家神魂颠倒。这不，刚吃完饭出来散散步，就撞见我们俩搂抱在一起。换成哪位家长都免不了神经过敏。他的表情就像科尔特斯凝视着太平洋，那也就不足为奇了。腰缠五千万的人不需要跟谁客气，他要是想瞪谁，那就随便瞪。他这会儿就在瞪我。那目光中既有惊慌失措，又夹杂着痛心疾首。我意识到，玻琳之前说他那些话一点不错。

所幸，事情到瞪就为止了。不管大家对文明有什么意见，反正遇到这种危机情况，文明就派上用场了。做父亲的之所以没有对吻他闺女的臭小子飞来一脚，或许纯粹是碍着不成文的规定，考虑到做客时对另一位客人出手有失体统。总之，此时此刻，我觉着不成文的规定真是多多益善。

有那么一瞬间，他的脚抖了抖，好像原始人版的J.沃什本·斯托克在蠢蠢欲动。不过，最终还是文明占了上风。他又瞪了我一眼，然后带着玻琳扬长而去，很快，周围就只剩下我孤单一人，让我有空梳理一下头绪了。

我借着凝神静气的香烟梳理开去，这时扎飞突然闯进了我这片小小的世外桃源。从他那双鼓鼓的金鱼眼推断，他好像也有心事。

“听着，伯弟，”他开门见山，“我听说了。你怎么解释？”

“你听说什么了，老兄？”

“你跟玻琳·斯托克订过婚，你为什么瞒着我？”

我挑起眉毛。我觉着此时亮出铁腕不失为明智之举。要是你觉着某人来势汹汹，那最好先声夺人，跟他去势汹汹。

“这我就不懂了，扎福诺，”我不客气地说，“你还指望我寄明信片给你吗？”

“你上午就该告诉我。”

“我看不出有理由要告诉你。你究竟听谁说的？”

“罗德里克·格洛索普爵士随口提到的。”

“哦，是他，啊？哼，他在这个问题上倒是专家。就是他从中作梗。”

“什么意思？”

“当时他正好在纽约，才一眨眼的工夫，他就跑去点着斯托克的胸口，敦促他把我打发了。所以整件事从事发到结束还不到四十八小时。”

扎飞眯着眼睛打量我。

“你发誓？”

“当然。”

“才四十八小时？”

“不到。”

“你们现在再没瓜葛了？”

他态度不善，我开始觉得，多亏了伍斯特家族的守护天使行事缜密，安排了斯托克做适才那个拥吻的目击证人，而不是扎飞。

“什么也没有。”

“你保证？”

“压根也没有。所以扎飞老兄，快冲吧，”我拍拍他的肩膀，如长兄一般，“从心所欲，什么也别怕。人家可迷恋你呢。”

“谁说的？”

“她呗。”

“她亲口说的？”

“如假包换。”

“她真的爱我？”

“热烈地，据我看。”

这家伙满面愁云一扫而空。他一拍前额，整个人都放松了。

“哦，那就好。抱歉了，刚才好像有点激动。刚刚订婚，却发现未婚妻两个月前和别人订过婚，总不免叫人心惊。”

我大吃一惊。

“你们订婚了？什么时候的事儿？”

“午饭后不久。”

“那喔喔利那茬呢？”

“谁跟你提过喔喔利的事儿？”

“吉夫斯啊，他说喔喔利的影子像阴云一样罩在你头上。”

“吉夫斯这个大嘴巴。其实呢，这回根本没喔喔利什么事。我跟玻琳求婚前，斯托克刚刚跟我说，他决定买下房子。”

“真的假的！”

“千真万确。我觉得这都多亏了那瓶波尔图。我用仅剩的那瓶85年招待他了。”

“再明智不过。你自己想出来的点子？”

“不，是吉夫斯。”

我忍不住幽幽叹了口气。

“吉夫斯真乃神人。”

“天才。”

“那脑瓜！”

“我猜是九又四分之一号[1]。”

“他常吃鱼。真可惜，他不懂得欣赏音乐。”我闷闷不乐地说。但是，我立刻压下心头的怅惘，努力地不以己悲，乐扎飞之所乐。“那，真是太好了，”我衷心地说，“希望你们永远幸福。平心而论，我一直觉得，在我那些前未婚妻里头，玻琳是最可爱的一个。”

“你能不能别老提你们订婚的事儿。”

“好好。”

“我想彻底忘了你跟她订过婚。”

“是是。”

“一想到你差点……”

“我根本没有。千万别忘了，订婚前前后后只有两天，而且这两天我还一直重伤风卧床休息。”

“可是她答应你求婚的时候，你肯定……”

“没，没有。当时侍者端了一盘牛肉三明治进来，我一走神就忘了。”

“那你们没有……”

“绝对没有。”

“她肯定是很开心才跟你订婚的。一定是在兴头上。奇怪，她怎么会答应你呢？”

这个问题我也一直百思不得其解。我只能猜测，是我身上有某种品质，特别容易打动那种女强人。这也不是第一回了，和霍诺里娅·格洛索普订婚的时候，我就对此有所察觉。

1 帽子号码以头部直径衡量，九又四分之一号约为75厘米。

“我曾经请教过一个阅历丰富的朋友，”我回答说，“他是这么想的：看到我傻呆呆地绵羊似的晃来晃去，会激发女人心中的母性。这种说法貌似有点道理。”

“可能是，”扎飞表示同意，“好了，我得回去了。估计斯托克想跟我谈谈房子的事。你来吗？”

“不了，多谢。实话实说吧，老伙计，我对加入你们的小团体没什么兴趣。你婶婶我可以忍。小西伯里我也勉强忍了。但是加上斯托克和格洛索普，那就恕伯特伦无力承受了。我就在附近散散步好了。”

扎飞的领地或者说宅邸用来散步再理想不过。眼看这块宝地要转手于人，继而变成私家精神病院，他是不是有些许遗憾呢。但转念一想，要是多年来都得守在这儿，和默特尔婶婶还有西伯里堂弟毗邻而居，那也就没什么可留恋的。我瞎转悠了两个小时，只觉神清气爽，直到天色近晚，不可抑制地想讨杯茶喝，这才慢悠悠地绕到后院，我知道，在那儿准能找到吉夫斯。

我由一个帮厨工模样的丫头指引，摸到他的地盘，安坐下来，心里十分自在，因为我知道，不消多久，热气弥漫的茶盏和黄油烤面包就唾手可得。不久前获悉扎飞修成正果，我已经心满意足，我觉得，再来一杯热茶、一片烤面包，那就锦上添花了。

“不错，吉夫斯，”我说，“此时此刻，我看就连小松糕也算不得不合时宜。想到扎飞历经风吹雨打的灵魂终于安全地碇泊入港，我是深感欣慰呀。斯托克答应买下房子，这事儿你听说了吧？”

“是，先生。”

“还有订婚的事儿？”

“是，先生。”

“估计扎飞这会儿正意气风发呢。”

“并非如此，先生。”

“嗯？”

“不，先生。很遗憾，事情后来横生枝节。”

“什么！他们这么快就吵开了？”

“不，先生。爵爷和斯托克小姐感情依旧融洽，但和斯托克先生之间却生了罅隙。”

“哎呀，老天！”

“是，先生。”

“怎么回事？”

“起因是德怀特·斯托克和西伯里两位小少爷之间发生了肢体冲突。先生或许记得，我提到午餐期间，两位小绅士并非亲密无间。”

“可你当时说……”

“是，先生。当时两人的确和好如初，但饭后不到40分钟，双方矛盾再次激化。两人一起去了小晨室，听说西伯里小少爷开口向德怀特小少爷索要一先令六便士，即所谓的‘保护费’。”

“哎呀！”

“是，先生。据我所知，德怀特小少爷颇有些傲气，拒不肯‘买账’——我想是这么说吧，接着两人你一言我一语，最后，三点半左右，只听晨室里一阵轰响，午宴的其他客人匆匆赶到，发现两位小少爷卧倒在地，周围都是瓷器碎片，原来是两人打斗时不小心碰到了瓷器柜。大家赶到时，德怀特小少爷似乎占了上风，他正骑在西伯里小少爷的胸口，按着对方的头撞地毯。”

我听到这个消息非但没有欢呼雀跃，庆祝西伯里的脑袋终于得到了多年来应得的待遇，反而心下一沉，这就足以证明情况着实严重。我已经发觉事情的必然走向。

“天哪，吉夫斯！”

“是，先生。”

“之后呢？”

“可以说场面一片混乱，先生。”

“全民齐动手？”

“是，先生。首先采取行动的是扎福诺老夫人。”

我一声呻吟。

“可不是嘛，吉夫斯。扎飞常常跟我说，她对西伯里就像母老虎护着小虎崽。为了维护西伯里，就算对着宇宙万物，她也愿意踩一脚，杵一胳膊的。扎飞跟我说过，在他还没想方设法打发他们搬去孀居小舍、任他们住在公馆那会儿，扎福诺夫人总是霸占早餐最好的鸡蛋，留给小不点儿。我还清晰地记得，扎飞一说起来声音都在颤抖。你接着说。”

“目睹这一情况后，爵夫人先是尖叫一声，然后用力掌掴了德怀特小少爷。”

“然后呢，自然是……”

“先生猜得不错。斯托克先生护子心切，立刻举脚重重踢向西伯里小少爷。”

“踢中了吧，吉夫斯？快告诉我他踢中了。”

“的确，先生。西伯里小少爷当时正挣扎起身，其姿势仿佛正是为了迎接这一脚。接着，爵夫人和斯托克先生两人展开唇枪舌剑，各执一词，爵夫人又请罗德里克爵士助阵，对方似乎勉为其难——这是我的观察——指责斯托克先生不该出手伤人。两人措辞激烈，最终，斯托克先生十分激动地宣布，事已至此，要是罗德里克爵士以为他——斯托克先生——还打算购买扎福诺公馆，那么他——罗德里克爵士——就大错特错了。”

我把脸埋进双手里。

“之后……”

“是，说吧，吉夫斯。结局我差不多预料到了。”

“是，先生。我同意先生的看法，事情不可避免以不幸告终，颇有几分古希腊悲剧的意味。爵爷本来一直在小心地观察事态发展，听闻此话忍不住一声惊叫，并要求斯托克先生收回这句话。爵爷认为，既然斯托克先生已经答应买下扎福诺公馆，所谓君子一言，不该背信弃义。但斯托克先生却反驳道，他才不在乎自己答应过什么、没答应过什么，并断称自己一个子儿也不会出。很遗憾，爵爷听到这话，开始有些口不择言。”

我又忍不住呻吟两声。我很了解扎飞。他那牛脾气一上来，什么都做得出来。当年在牛津，他是校赛艇队的领队，我亲耳听过他带队训练。

“他骂了斯托克一顿？”

“可谓慷慨激昂，先生。爵爷对其处事风格、商业诚信，甚至是仪表相貌，通通直言不讳。”

“这下对方哑口无言了吧？”

“局面确实万分尴尬，先生。”

“之后呢？”

“大家不欢而散。斯托克先生带着斯托克小姐和德怀特小少爷回了游艇。罗德里克爵士则去附近的旅馆寻找住处。扎福诺夫人领西伯里小少爷回了卧室，替他涂抹山金车酊。至于爵爷，我想是去‘西园’遛狗了。”

我一阵沉吟。

“这期间扎飞跟斯托克说了自己跟斯托克小姐订婚的事没有？”

“没有，先生。”

“嗯，我看这会儿他是没法开口了。”

“想来对方听到消息后并不会欢呼雀跃，先生。”

“他们俩以后想见面只好偷偷摸摸的。”

“只怕这也并非易事，先生。我早该告诉先生的，之前我偶然听到斯托克父女之间的对话。从内容推测，斯托克先生打算把斯托克小姐拘在游艇上寸步不离，直到游艇修好，驶离港口，一律不许她上岸。”

“可你不是说他不知道订婚的事儿吗？”

“斯托克先生之所以要将斯托克小姐拘禁在船上，并非是防止她私会爵爷，而是确保她没有任何机会见先生您。他看到先生拥吻斯托克小姐之后，更加确信，自先生离开纽约后，小姐对您痴情如故。”

“这些真的是你亲耳听到的？”

“是，先生。”

“你又怎么会听到呢？”

“当时我们之间隔了一丛灌木，我正在这边和爵爷说话，然后听见另一边传来说话声。我并非有意偷听斯托克先生的话，实在是不得已。”

我心头一紧。

“你说你在和扎飞说话？”

“是，先生。”

“那他不是也听到了？”

“是，先生。”

“关于我亲斯托克小姐的事儿？”

“是，先生。”

“他是不是很激动？”

“是，先生。”

“他说什么了？”

“似乎是说要将先生开膛破肚。”

我擦擦额头。

“吉夫斯，”我说，“这可得仔细琢磨一下。”

“是，先生。”

“快出谋划策，吉夫斯。”

“这，先生，我想为今之计，不妨设法让爵爷相信，先生之所以拥吻斯托克小姐，完全是出于兄妹之情。”

“兄妹之情？你觉着这能混过去？”

“料想可以，先生。毕竟，先生和斯托克小姐是老朋友了。先生听说她和自己的故交即将喜结连理，大大方方、客客气气地以拥吻作祝贺，这也在情理之中。”

我站起身。

“可能有戏，吉夫斯，至少值得试一试。我得走了，找个地方静静地冥思苦想一番，准备面对这场磨难。”

“茶很快备上，先生。”

“不，吉夫斯，这不是喝茶的时候。我得集中精神，得赶在他来找我前把故事编圆满。我敢说他用不了多久就得杀过来。”

“不出意外的话，爵爷应该在先生的茅舍候着。”

他料想得一点不差。我才刚跨过门槛，就看见扶手椅上什么东西蹿出来，正是扎飞不假，只见他沉着脸盯着我。

“啊，”他这话说得咬牙切齿，态度更是来者不善，叫人心里没底，“你总算回来了！”

我马上挤出一个心有戚戚的笑脸。

“对，我回来了。我都听说了，吉夫斯都告诉我了。真倒霉，倒霉呀。老兄啊，我何曾想到，当时我还出于兄妹之情吻了玻琳·斯托克，为了庆祝她跟你的订婚之喜，谁知道一转眼就生出这么多枝节。”

他还是目不转睛地盯着我。

“兄妹之情？”

“纯粹是兄妹之情。”

“老斯托克可不那么想。”

“那，老斯托克什么思想咱们也不是不知道。”

“兄妹之情？嗯！”

我立刻表现出五尺男儿的悔意。

“我或许不应该……”

“算你走运，没让我看见。”

“……可你知道，听说自己从私校到伊顿再到牛津一路走来的同学，和自己一向视为亲妹妹的姑娘订婚了，那很容易情不自禁嘛。”

我这老同学内心明显在激烈挣扎。他眉头紧锁，在屋里踱来踱去，不小心给脚凳绊到，对绊子踹了两脚，然后渐渐冷静下来。看得出，理智夺回了宝座。

“哎，好吧，”他说，“不过以后少来这些博爱的戏码。”

“晓得。”

“收敛点，扼制住冲动。”

“自然。”

“你要是想要姐妹淘，到别处找去。”

“没问题。”

“我不希望结婚以后一进屋随时可能撞上你们表演兄妹情。”

“我完全理解，老兄。这么说，你还打算娶玻琳？”

“打算娶她？我当然打算娶她。遇到这种女郎还不娶，那我不是大傻瓜吗？”

“那扎福诺心头那些顾虑呢？”

“你什么意思？”

“那，要是斯托克不买公馆，那你不是又回到原地了？你那会儿不肯诉说你的爱情，宁可让隐藏在内心中的喔喔利像蓓蕾中的蛀虫，侵蚀着缎色的脸颊。”

他微微一个激灵。

“伯弟呀，”他说，“快别说了，我那会儿纯粹是疯了。简直搞不懂当时是怎么想的。我正式宣布，我的想法彻底变了。现在我不在乎了，哪怕自己身无分文，她富可敌国。只要我能凑够七先令六便士领到许可，再搞到两镑还是多少的给念《祈祷书》的那位，这个婚是结定了。”

“好。”

“钱算什么？”

"可不是。"

"我是说，爱情就是爱情。"

"伙计，你终于说了句公道话。我要是你，就写封信给她，阐明这些观点。瞧，她或许觉得，你现在财政状况又不稳定了，你可能要反悔。"

"我这就写。而且，老天！"

"怎么了？"

"我让吉夫斯把信带给她。这样老斯托克就休想截获信件了。"

"你觉着他会吗？"

"我的亲呀！那绝对是天生的拦截者。他那双眼睛里写着呢。"

"我是问吉夫斯会送到吗？我瞧不出办法啊。"

"我忘了告诉你，之前斯托克跑来挖角，想拉拢吉夫斯跟他走。我当时觉着这辈子就没见过这么厚颜无耻的人，但这会儿我全力赞成。就让吉夫斯跟他去。"

我嗅到了花枪或者说计谋的苗头。

"我懂你的意思了。他打着斯托克的大旗，可以来去自如。"

"一点不错。"

"他可以替你送信给她，再替她送信给你，再替你送信给她，再替她送信给你，再替你送信给她，再替她……"

"好好，你懂了就行了。这样我们就能互通消息，安排见面计划。你知不知道结婚要准备多久？"

"不清楚。我记得只要拿到特殊许可[1]，就能马上办事。"

"那我就去搞个特殊许可，搞两个三个。好了，这下就没有后顾之忧了。我有种再世为人的感觉。我这就去通知吉夫斯。他今天晚上就能上游艇。"

他突然打住不说了。只见他脸上又现出抑郁之色，接着又目光敏锐地盯着我。

"她应该是真的爱我吧？"

"该死，老兄，她难道不是这么说的？"

"她是这么说的，对。对，她是这么说的。可是女孩家的话能信吗？"

"我的亲啊！"

"那，她们最会哄人了。或许她是逗我玩儿呢。"

"思想病态，老兄。"

他一阵沉吟。

"我就是奇怪，她怎么会由着你亲她。"

"我出其不意嘛。"

"她完全可以扇你一巴掌。"

"干吗？人家自然感觉得到，那一吻纯粹出于兄妹之情。"

"兄妹之情，嗯？"

"纯洁的兄妹之情。"

"那，可能吧，"扎飞半信半疑，"伯弟，你有姐妹吗？"

"没有。"

"那，假如有，你会吻她们？"

---

1 伯弟指的应该是不采用宗教仪式的公证结婚（civil marriage），一般举办婚礼须等三周，获得特殊许可后可在次日结婚。

“吻来吻去的。”

“那……嗯，那么……哎，那好吧。”

“伍斯特的话，你总信得过吧？”

“那可说不准。我记得大二那年，赛艇第二天，你对诸位法官说你大名是尤思坦 · H.布林索，家住西达利奇爱林路金链花宅。”

“那次是非常时期非常手段。”

“对，也是……是啊……那……嗯，那好吧。你发誓，现在你和玻琳之间真的没有私情？”

“没有。一想到那时在纽约的疯狂事儿，我们常常笑个不停呢。”

“我怎么没听到过。”

“那，是真的，好多次呢。”

“哦？……这样的话……哎，好吧，想来……哎，算了，我得回去写信了。”

他走了以后，我脚搭在壁炉架上坐了良久，纯放松。这一天也算是艰难曲折，我不禁有几分乏力。单说刚才和扎飞的思想交流吧，就让神经系统很吃不消。等布林克利进屋来问几点开晚饭的时候，想到要在茅舍里孤零零地啃牛排配煎蛋，我很提不起兴致。这会儿我有点烦躁，静不下心。

“我出去吃，布林克利。”我吩咐。

吉夫斯的接班人是伦敦的中介派过来的，不得不说，要是我当时有空亲自去挑选，绝不会选这一位。他决不是我的理想人选。此人透着一股抑郁之气，面孔瘦长，皮肤坑坑洼洼，深眼窝，眼神深不可测，从一开始就对雇主和员工之间的闲话家常不感兴趣，而和吉夫斯待久了，我已经养成了习惯。从他一上门，我就努力建立友好的关系，可惜收效甚微。他表面上对我恭恭敬敬，但看得出，他内心里老琢磨着即将到来的“社会革命”，而且把伯特伦视为暴君兼奴隶主。

“对，布林克利，我出去吃。”

他没答话，只是瞅了我一眼，好像看我适合什么尺寸的路灯柱[1]。

“我今天累坏了，得好好吃一顿、喝两盅。估计布里斯托尔就能找到这两样。而且那儿应该会有演出什么的，你说呢？那可是数一数二的观光圣地呢。”

他微微叹了口气，好像听到我说演出什么的让他很郁闷。他最希望看到的场景是我在公园狂奔，后边一堆民众举着滴血的菜刀紧追不放。

“我开车过去，你可以告假一晚。”

“遵命，少爷。”他叹息着回答。

我只好作罢。这家伙真叫人气闷。他爱谋划屠杀贵族阶级，我压根也没意见，可该死的，乐乐和和地给个笑脸就那么难吗？我一摆手打发了他，然后去车库取车。

到布里斯托尔不过三十英里左右，时间充裕，我舒舒服服地吃了顿饭，然后去剧院赶音乐剧。其实这出戏当初在伦敦排演的时候我就看过好几场，这次重看，还是觉得可圈可点。总而言之，启程回家的时候，我只觉得神清气爽，焕然一新。

1 狄更斯在《双城记》中描述了将法国大革命期间将犯人吊死在路灯柱上的做法。

抵达幽居的时候估计已经过了午夜。我睡意正浓，一进屋就点了支蜡烛，直奔楼上卧室。我一边开门，一边想着终于可以美美地睡一觉了，于是一边往床边走，一边简直要放声高歌起来。突然间，床上有什么腾地蹿了起来。

我吓得手一抖，蜡烛掉在地上熄灭了，屋里立刻漆黑一片。不过大概情况我也已经看了个明白。

从左往右数，床上是玻琳·斯托克穿着我那套金色道道的黛紫色睡衣裤。

7

伯弟的不速之客

对于午夜刚过卧室里出现女子一事，不同的人有不同的看法。有些觉得妙，有些则不。我属于“不”那一类。估计是伍斯特血液里遗传了点古老的清教徒性格吧。我挺直了腰板，表示不以为然，同时挺凌厉地扫了她一眼。这当然都是白费工夫，因为这会儿屋里还是黑黢黢的。

“怎么……怎么……怎么……”

“没事儿。”

“没事儿？”

“真没事儿。”

“哦？”我这句话充满讽刺，也没必要找借口遮掩。我就是要刺激她。

我弯腰摸索蜡烛，摸着摸着突然一声惨叫。

“你小点声！”

“地板上有尸体！”

“不可能，不然我早发现了。”

“我跟你说，真的有。我正到处找蜡烛，突然摸到什么又冷又湿又滑的东西，动也不动的。”

“哦，那是我的泳衣。”

“你的泳衣？”

“那，你以为我是坐飞机来的吗？”

“你从游艇那儿游过来的？”

“对。”

“什么时候？”

“大概半小时前吧。”

以本人一贯的冷静沉着、就事论事的作风，我一下抓到事情本质。

“为什么？”我问。

火光一闪，床头的蜡烛燃起了小火苗。借着亮光，我再次得以注意到那套睡衣裤。不得不承认，款式真不是一般地讲究。玻琳的皮肤色系属于偏暗的那种，黛紫色着实配她。我就是这么说的，本人一向客观公道。

“这套家居服你穿着很好看。”

“多谢。”

她吹熄火柴，定睛望着我，一副不可思议的样子。

“知道吗，伯弟，真该对你采取措施。”

“嗯？”

“你应该被送去院子里。”

“不必，”我冷冷地而且相当机智地回嘴，“我家有院子。重点是，我倒要问问，你来这儿干吗？”

不愧是女子，她来了一个充耳不闻。

“你干吗当着爸爸吻我？可别说你看我绝代芳华一时情不自

禁。不，明摆着就是你冒傻气。我算是懂了，当初罗德里克爵士为什么跟爸爸说你应该给关起来。你怎么还为害人间呢？肯定是关系硬。”

咱们伍斯特对这种事儿特别敏感。我厉声打断她。

“你说的那件误会很好解释。我以为是扎飞。”

“你以为谁是扎飞？”

“令尊。”

“要是你觉得麻麻杜克有一丁点像爸爸的地方，那你准是脑筋不正常。”她的激动程度绝不在我之下。看得出，她并不认为父亲的容貌值得称道，我也不是说她的话没道理。“还有，我不明白你的意思。”

我解释给她听。

“我是希望叫扎飞看到你在我的怀抱里，这样他就会一个怒火中烧，冲动之下跟你表白，因为他会觉得再不抓紧时间行动，你就给人抢走了。”

她明显感动了。

“这不会是你自己想出来的吧？”

“就是。”我有点窝火，“凭什么人人以为我没个主意，非得有吉夫斯指点……”

“你真贴心。”

“兄弟的幸福当头，咱们伍斯特就是这么贴心，超乎想象地贴心。”

“这下我明白那天晚上在纽约怎么会答应你了，”她若有所思，“你有种糊里糊涂的可爱劲儿，要不是我爱着麻麻杜克，伯弟，我很乐意嫁给你。”

“别，别，”我吓了一跳，慌忙拒绝，“别做梦了。我是说……”

“哦，别紧张，我也没这个打算。我要嫁的是麻麻杜克，所以我才跑到这儿来。”

“好，”我说，“这下总算说到正题了。绕来绕去才说到重点，也就是我最希望开一开茅塞的。你究竟在搞什么名堂？你说你从游艇那儿游上岸？为什么？你跑来霸占寒舍，为什么？”

“当然是因为我得找个藏身之地，先弄件衣服啊。总不能叫我穿着泳衣去公馆吧。”

我开始看出了一点苗头。

“哦，你游上岸是为了找扎飞？”

“当然了。爸爸像押犯人似的把我囚禁在游艇上。到了晚上，你家的男仆吉夫斯……”

我脸上忍不住抽搐了一下。

“我的前任男仆。”

“好啦。你的前任男仆。你的前任男仆吉夫斯捎来了麻麻杜克新写好的信。嘿，好家伙！”

“嘿，好家伙？什么意思？”

“那还是信吗？我一边读一边哭，哭了六品脱眼泪呢。”

“劲爆？”

“太美了，字里行间都是诗意。”

“真的？”

“是啊。”

“你是说信？”

“是。”

“扎飞的信？”

“是。你好像很不相信。”

确实有点。当然了，扎飞人品是数一数二的，不过我可不敢说他能写出那种水平的信。不过我转念一想，平时相处的时候，他一般不是在大嚼牛排腰子布丁，就是大骂马跑得不够快，这种情况下，人的确不能发挥最诗意的一面。

“所以这封信让你不能自已，是吗？”

“可不是？我觉得一天都等不了了，一定得立刻见他。有一首诗，讲一个女子为魔鬼情郎哀哭的，是什么来着[1]？”

“哟，这可难倒我了。吉夫斯肯定知道。”

“嗯，我觉得那就是在说我呀。对了，说到吉夫斯，了不起！善解人意？他浑身都是。”

“哦，你跟吉夫斯吐露心声了？”

“是啊，而且我把计划也告诉他了。”

“他也没打算阻止你？”

“阻止我？他全力赞成啊。”

“他赞成，啊？”

“你是没看到。他给了我一个温暖的笑，还说你会乐意帮我的。”

“他这么说的，啊？”

“他对你赞不绝口。”

“真的？”

“嗯，可不是，他对你的评价可高呢。我记得他原话是这样

1　柯勒律治《忽必烈汗》（*Kubla Khan*）：好像有女人在衰落的月色里出没，/为她的魔鬼情郎而凄声号哭！（屠岸译）

的：‘小姐，伍斯特先生或许在智力上有些乏善足陈，但他有一颗金子般的心。’他一边说，一边缓缓放绳子，好把我顺到海里，当然，他先看好了周围没人。你瞧，我不能一个猛子扎下去，不然会有动静。”

我咬着嘴唇，心里有点委屈。

“他这话究竟什么意思，‘智力上乏善足陈’？”

“哦，你懂的，疯疯癫癫呗。”

“啐！”

“啊？”

“我说‘啐’！”

“怎么了？”

“怎么了？”我一阵激动，“哼，换了是你，你会不会‘啐’？要是你的前任男仆到处宣扬你智力上乏善足陈……”

“可有一颗金子般的心啊。”

“别管什么金子心了。重点就是我的男仆，我的前任男仆，枉我从不把他当贴身侍从，而是看成叔叔之类的——他居然来来回回扯着嗓子大喊我智力上乏善足陈，还一个劲儿把姑娘家的塞进我的卧室……”

“伯弟！你不是不高兴了吧？”

“不高兴！”

“听口气是不高兴呢。我觉着不应该呀。我还以为你有机会帮我和心上人团圆，会大喜过望呢。你那颗金子般的心哪儿去了？我可是常常听人说起的。”

“重点不是我有没有金子般的心。有金子心的人多了去了，可他们发现大半夜的卧室里有姑娘家的出没，他们也要气恼。你们好像没注意到，你和你这个吉夫斯想尽各种办法，却恰恰忽略了一点：我有声誉要保持，我向来爱惜羽毛，可不希望就此落上个白璧微瑕的污名。深更半夜地招呼女访客，而且对方还未经允许就随随便便偷穿你的黛紫色睡衣裤……”

“难不成你让我穿着湿答答的泳衣睡觉？”

“……直接跳上你的床……”

她惊呼一声。

“我终于想起来了。打你进门，我就觉得这个情景怪熟悉。是《三只熊》的故事呀。你小时候肯定听过的。‘谁睡过我的床……’这句是不是熊爸爸说的？”

我皱起眉头，觉得不大对劲。

“据我回想，是跟粥有关。‘谁吃过我碗里的粥？’”

“我明明记得跟床有关。”

“床？床？我不记得有什么床。至于粥呢，我非常确定……行了，说着说着又跑题了。我刚才说到，像本人这种声誉良好的未婚男子，从来没有一点违章扣分记录，对于床上冒出来的女子表现得不以为然，这能怪我吗？况且对方还穿着黛紫色睡衣裤……”

“你之前还说这一身说很配我的。”

“的确很配。”

“你说我穿很好看的。”

“你穿的确很好看。但你又在逃避问题根本了。重点在于……”

“究竟有多少‘重点’？我都数出十几个了。”

“重点只有一个，我这么半天就是想跟你说清楚。简而言之，要是叫人发现你在这儿，一定会议论纷纷。”

“不会发现的。”

“你以为？哼！那布林克利呢？”

“谁？”

“我的男仆。”

“前任？”

我忍不住啧啧两声。

“新任。明天上午九点他会端早茶进来。”

“那，你很高兴吧。”

“他会端到这间屋子来。他会一直走到床这里，把茶摆在床头柜上。”

“那是为什么？”

“好让我伸手端茶、饮茶呀。”

“哦，你是说他把茶放在床头柜上啊。我听你说把床摆在床头柜上。”

“我不可能那么说。”

“你就是说了，清清楚楚的。”

我苦口婆心地跟她讲道理。

“我的傻孩子，”我说，“我真得请你说话前动动脑子。布林克利又不是玩杂耍的，人家可是训练有素的‘绅士的绅士’，把床摆在床头柜上，在他看来那是有失体统。而且他干吗要把床摆在床头柜上？他做梦也不会这么想。他……”

她打断我的推理。

“等一会儿。你念叨了这么久布林克利，可半个布林克利也没有啊。”

“明明就有，一个。而且就这么一个布林克利，明天上午九点进屋来发现你躺在床上，也足够掀起一场惊天动地的丑闻。”

“我是说他不在家。”

“他当然在家。”

“那，他准是个聋子。除了打破后门的玻璃窗，我进屋还闹了好大动静，就算有六个绅士也该惊醒了。”

“你打破了后门的玻璃窗？”

“我是迫不得已，不然进不来嘛。我瞧着好像是一楼某间卧室的窗户。”

“呀，该死，那是布林克利的卧室。”

“那就好，屋里没人。”

“怎么可能？我让他休假一个傍晚，又不是一整夜。”

“我知道是怎么回事儿了。他准是跑出去灌黄汤，好几天都不会见人影的。爸爸以前就有这么个下人。那年四月四号当晚，此人头顶大礼帽，戴着灰色手套，身穿方格布西服，从纽约东67街我家出走，一去不返。一直到四月十号，家里才接到他从俄勒冈州波特兰市发来的电报，说自己睡过了头，正往回赶。你这个布林克利准是同样的情况。”

坦白说，听了这话，我大感欣慰。

“希望如此，”我说，“他要是真跑去借酒消愁，估计得几周呢。”

“所以你瞧，你就是小题大做。我常说……”

可惜，她常说什么，我是没福分知道了，因为她话没说完，突然尖叫一声。

原来是前门响起了敲门声。

8

警察迫害

我们俩在惊讶的揣测中彼此对视，尽站在扎福诺·里吉斯二楼里间沉默。那突如其来的吓人动静打破夏夜的宁静，足以令任何人噤若寒蝉。这声音在我们听来尤其不痛快，因为两人不约而同想到一块去了。

“是爸爸！”玻琳含糊不清地说，随即敏捷地一伸手，掐熄了蜡烛。

“你想干吗？”我气得要命。眼前这么突然一黑，我觉得情况愈发糟糕。

“这样他就瞧不见亮光了，还用说。要是以为你睡了，他八成会走开的。”

“想得美！”我很不服气。敲门声止住了片刻，很快又再次响起，而且比之前更加不绝于耳。

“哎，你还是下去瞧瞧吧，”玻琳有点泄气，“或者，”——她好像灵机一动——“咱们从楼梯间窗户泼水浇他一头怎么样？”

我吓了一大跳。听口气，好像这是她生平最妙最绝的点子，我突然意识到，招待她这种脾气的小姐，只怕凶多吉少。以前听说的、还有读来的那些任性妄为的年青一代的故事，一一涌现在脑海里。

“想都别想！”我压低声音，匆忙制止她，“把这个计划彻彻底底完完全全地从脑子里抹掉。”

想想看：J.沃什本·斯托克此次前来寻找离家出走的女儿，即便全身干巴巴的，那也够受的。要是这个J.沃什本·斯托克当头一罐H_2O，刺激之下暴力指数大增，我真是想也不敢想。老天做证，我本来很不情愿下楼去和此君秉烛夜谈，但相比之下，要是由着他被爱女浇成落汤鸡，再等着他赤手空拳把墙拆了，那我毫不犹豫选择前者。

“我不得不去面对他。”我说。

“那，你小心点。”

“你说小心点是什么意思？”

“哦，就是让你小心点呗。不过呢，他也可能没带枪。”

我差点咬到舌头。

“依你看，带和不带各有几成概率？”

她一阵沉吟。

“我得想想爸爸是不是南方人。”

“是不是什么？”

“我只知道他出生在卡特维尔，但我想不起来究竟是肯塔基州还是马塞诸塞州来着。”

“这又是什么鬼名堂？”

“那，对南方人来说，要是家族蒙羞，十有八九要开枪。”

“那令尊会不会觉得你在这儿是给家族蒙羞？”

“应该会吧，我觉着。”

我打心底里赞同。略略一算，要是清教徒的话，这羞蒙的还够严重的。不过此时我已经没空细细思量，因为这会儿敲门人又开始痛下狠手了。

“咳，该死，”我说，“不管你这个万恶的家长在哪儿出生的，我都得下去跟他对峙了。我看这门一会儿就要四分五裂了。”

“你尽量跟他保持距离。”

“晓得。”

“他年轻的时候练过摔跤。”

“你不用跟我分享令尊的故事了。”

“我只是想提醒你，有可能的话，别让他逮到你。有没有地方能让我藏起来？”

“没有。”

“怎么会没有？”

“我哪儿知道，”我口气有点冲，“人家盖这些乡下茅舍，可不会奉送密室、地道什么的。待会儿你一听到我打开前门，就屏住呼吸。”

“你想叫我憋死吗？”

这个嘛，这种话伍斯特当然讳莫如深，但实话实说，我觉得这不失为一条妙计。我忍着没搭腔，匆匆奔下楼，猛地拉开门。呃，说是拉开，其实只开了六英寸的小缝儿，而且故意没拔安全链。

“嗨？”我说，“有事？”

接下来这一刻，我大大地松了口气，可能是生平之最。

“嘿！”只听一个声音说，“你还真能磨蹭，啊？你什么情况，年轻人？聋了吗？”

这嗓音绝对算不上悦耳动听，而是喉音偏重，有一点嘶哑。假如这喉咙安在我身上，我准会多花一点心思想想扁桃体的问题。不过所谓一美遮百丑，这声音至高无上的优势在于，这可不是J.沃什本·斯托克的。

“对不住得很，”我说，“我正东想西想的。胡思乱想，这意思你明白吧。”

那人又开口了，不过这回多了几许温和文雅。

“哦，先生见谅，我还以为是布林克利那个年轻人呢。”

“布林克利出去了，”我一边说一边想，等他一回来，我非得说道说道他朋友串门时间的问题，“您是哪位？”

“沃尔斯警长，先生。”

我拉开门。此时外面一团漆黑，不过我倒是能看清楚法律之爪牙。这位沃尔斯体型颇像阿尔伯特音乐厅，中间浑圆有致，穹顶草色稀疏。我总觉得，造物主本意是打造两位警长，但最后忘了把材料分成两份。

“啊，警长！”我若无其事，彬彬有礼地说，可以说伯特伦心无旁骛，百无禁忌，“有什么可以效劳吗，警长？”

我这会儿适应了黑暗，发现他旁边另有一些值得玩味的存在。其中的主要对象就是另一位警察。这一位高高瘦瘦，肌肉结实。

“这是鄙人的小外甥，先生，多布森警员。”他介绍道。

嗯，话说我此刻没什么心情交朋友，并且觉得要是警长真想介绍全家亲戚给我认识，欢迎我登堂入室——打个比方——怎么也不该挑这个时候吧。我心里这么想，表面却彬彬有礼，对着警员的方向微微一颔首，客气地说了声“啊，多布森”！要是没记错的话，我好像还说了一句夜色不错之类的。

不过显而易见，这可不是什么老友聚会，像旧式沙龙那种意境。

“先生知不知道，靠后门一间屋子有块玻璃碎了？我这小外甥碰巧发现了，决定把我叫醒，请我来查个究竟。先生，是一楼的窗户，少了一整块玻璃。”

我挤出一个笑脸。

“哦，那事儿啊，对，是布林克利昨天弄的。笨手笨脚的！”

“这么说，先生知道？”

“哦，是。哦，是。没事的，警长。”

“那，有事没事当然是先生最清楚了，但我觉得很可能有毛贼趁机溜进去。”

那个坏事的警员本来一直没说话，听到这句，突然插了一嘴。

“我好像真看到毛贼溜进去了，舅舅。”

“什么！那你干吗不早点报告，你这个榆木脑袋！还有，当班的时候不许叫我舅舅。”

“是，舅舅。”

“先生，最好还是让我们进去搜一搜吧。”沃尔斯警长说。

哼，我立刻亮出总统否决权。

“那可不行，警长，”我说，“一个字，否。”

“先生三思啊。”

“对不住，”我说，“总之是不行。”

他好像又惊又怒。

“既然如此，当然先生说了算。不过您这可是妨碍警务，不错。现如今，妨碍警务的例子太多了，昨天《邮报》上就有一篇时评。您大概读过了？”

“没有。”

“就在中间的版面。时评呼吁大家不要妨碍警务，因为人烟稀少的乡下地区犯罪频发，导致大不列颠上下人心惶惶。我还特意剪下来贴在剪报册里了。时评说，可诉罪数量1929年为十三万零四千五百八十一宗，1930年已经增加到十四万七千零三十宗，暴力犯罪率激增百分之七，现状如此令人心惊，是因为警方执法不严吗？时评如是问。不，时评如是说，绝不是，原因在于妨碍警务现象严重。”

他明显越说越激动。真叫一个尴尬。

“呃，很遗憾。”我说。

“没错，先生，更遗憾的还有呢：等您上楼回房，让毛贼割断喉咙，那才知道厉害。”

“不要这么悲观嘛，亲爱的警长先生，”我安慰道，“我相信绝不会发生这种意外。我刚刚从楼上下来，我可以保证，绝对没有毛贼。”

“可能藏起来了，先生。”

“伺机行动。”多布森警员也来凑热闹。

沃尔斯警长重重叹了口气。

“我自然不希望先生您出事，毕竟您是爵爷的至交好友。但既然您固执己见……”

“哦，扎福诺·里吉斯这种地方，能出什么事儿。”

“说来您别不信，先生。扎福诺·里吉斯民风日下啊。我做梦也想不到，离警局一步之遥的地方，居然有黑脸艺人班子公然演唱滑稽歌曲。”

“您觉着有必要担心？”

“最近有家禽失踪了，”沃尔斯警长严肃地说，“一连好几只家禽。我心里有数。好了，警员，咱们走吧。既然人家要妨碍警务，咱们留下来也无益。晚安，先生。”

“晚安。”

我关好门，奔回卧室。玻琳正翘首以盼地坐在床上。

“是谁？”

“警务人员。”

“他们来做什么？”

“他们说看见你溜进来了。”

“伯弟，我还真给你添了不少麻烦啊。”

“哟，别，客气什么。哎，我还是早点撤吧。”

“你要走？”

“鉴于目前种种，”我口气有点生硬，“我也不好在屋里就寝吧。还是去车库好了。”

“楼下没有沙发什么的吗？”

“有啊，诺亚那张，他从亚拉拉特山拖上岸的。我还是去车里睡好。”

“哎，伯弟，我的确给你添了不少麻烦。”

我心软了。毕竟，这事儿也不是这丫头的错。扎飞之前不是说过吗，爱情就是爱情。

“别担心，傻丫头。咱们伍斯特为了撮合有情人终成眷属，什么苦吃不得。你就放心枕着枕头，蜷起小小的粉嫩的脚趾，安心睡吧。我没事。”

说着，我绽开一个慈祥的笑，转身出了门，施施然走下楼梯，打开大门，迈进清香如许的夜色中。还没走出十二码，我就感到肩膀上一股有力的手劲，无论是精神上还是肉体上都是一阵痛苦。只听一个模糊的身影大喊一声："逮着了！"

"疼！"我也大喊一声。

这模糊的身影原形毕露：正是扎福诺·里吉斯警局的多布森警员。他一脸不好意思。

"先生，请原谅。我还以为是那个毛贼呢。"

我勉强装出毫不在意、和蔼可亲的样子，好比年轻的乡绅安抚下层阶级。

"不要紧，警员。不要紧，就是出来散散步。"

"明白了，先生，换换空气。"

"说得好。你总结得可谓精辟，可不就是换换空气，紧得慌。"

"是，先生，不远。"

"我是说胸口紧。"

"哦，是，先生。那，先生晚安。"

"沙啦啦，警员。"

我一边往前走，一边忍不住微微发抖。之前车库的门没关，我摸索着找到两座车，很高兴终于清净了。换作平时心情好，多布森警员多半是个活泼有趣的好伴侣，但今晚我宁可自己待一会儿。我爬进车里，朝后一倚，开始酝酿睡意。

假如一切正常，我能坠入黑甜乡吗？其实还真说不好。这个问题到现在也是悬而未决。说起两座车，我一向觉得自己这一辆够舒适的，不过话虽如此，我还真没有试过在里面过夜。这次车为床用，一试之下才发现，在车的构造里，居然有这么多的按钮啊，手柄啊，凸起啊什么的旁逸斜出。

但事实是，我并没有公平的机会完成测验。羊才数了一个排加一半，我突然觉得有一束光打到脸上，接着一个声音命令我下车。

我坐起身。

“啊，警长！”我说。

场面又是一片尴尬。两人面面相觑。

“是您，先生？”

“是。”

“不好意思打搅您了，先生。”

“哪里话。”

“我怎么也没想到会是您，先生。”

“我就想试试能不能在车里睡一会儿，警长。”

“是，先生。”

“今天晚上热得很。”

“的确，先生。”

他语气是毕恭毕敬的，但我心头涌起一阵挥之不去的忧虑：他好像起疑心了。他一言一行都透着点异样，好像认为伯特伦有异于常人。

“屋里不通风。”

“是吗，先生？”

“夏天我常在车里过夜。”

“是吗，先生？”

“晚安，警长。”

“晚安，先生。”

哎，准备睡美容觉的时候被人家打扰，其中滋味谁都有所体会吧。咒语瞬间失灵了，这么说大家明白吧。我再次蜷起身子，但很快就意识到，在目前的环境中，想要安安稳稳地睡一晚，注定是劳而无功。我又开始数羊，数了中等规模的五群，完全没用。我发觉，必须从其他角度采取措施。

其实对于茅舍附近的地域我一直没有好好探查过，不过有天上午为了躲急雨，闯进了园子西南角的一间木屋还是棚屋之类的，平时打零工的花匠师傅用来存放农具花盆之类的东西。若是记得不错，那间棚屋还是木屋的里面堆了好些麻袋布。

那，诸位或许要发话了：麻布袋当床使唤呢，并不是人人心向往之，其实这么想完全有道理。不过在“水凫七号”里待上个半小时，麻袋布的魅力就凸显出来了。纵然对身体发肤显得有点粗糙，纵然那浓浓的老鼠味儿和地下深处的土腥味儿扑鼻而来，但是有一个优点不能不提：麻袋布容许伸展四肢。这会儿伸展四肢正是本人的第一要务。

约莫两分钟后，我就选了一块布料做下榻之用。话说这块麻袋布除了老鼠和霉菌味儿，还夹杂了花匠师傅的浓烈体香。有那么一会儿工夫，我忍不住琢磨，这种混合配方是否有点过于醇厚了呢。不过这东西渐渐也就适应了，约莫一刻钟过后，我已经开始享受这股气息了。我记得自己撑开了两肺，几乎是沉醉其中。就这样，约莫半个小时过后，朦胧的睡意不知不觉席卷而来。

约莫三十五分钟过后，木门突然大开，那熟悉的提灯再次照亮了我。

“哈！”只听沃尔斯警长说。

多布森警员也是这么句话。

我打定主意，这回必须得给这两个讨厌鬼一点颜色看看。我真心呼吁大家不要妨碍警务，但前提是，只要警方别整夜在别人家的园子里晃来晃去，每次眼看人家刚要睡着，就跑过来搅乱人家清梦。这种情况下，被妨碍警务是活该。

“怎么？”我口气透着一丝贵族的威严，“又怎么了？”

多布森警员本来还在得意扬扬地炫耀，说自己如何看到我在黑暗中潜行，又如何一路尾随，如同一头猎豹；而沃尔斯警长显然认为作外甥的必须摆正身份，辩驳说明明是自己先看到，于是一路尾随，并且其形同猎豹绝不逊于多布森警员。听到我这句犀利话，两个人突然不作声了。

“又是您，先生？”警长好像倒吸了一口凉气。

“没错，是我，该死！恕我冒昧问一句，你们无休无止地追赶我，究竟是什么意思？还让不让人睡觉了？”

“非常抱歉，先生，我哪能想到是先生您啊。”

“为什么不能？”

“这，在棚屋里睡觉，先生……”

“这棚屋是我的，这一点总不容置疑吧？”

“是，先生，只是有点怪可笑的。”

“这有什么可笑的。”

“泰德舅舅的意思是‘怪异’，先生。”

“舅舅什么意思不用你来说。还有，别叫我舅舅。先生，我们就是觉得情况有些不寻常。”

“您的观点恕我不敢苟同，警长，”我硬邦邦地说，“我喜欢睡哪儿就睡哪儿，这个权利我总有吧？”

“是，先生。”

“一点不错。我兴许睡煤窖，兴许睡门口台阶，今儿碰巧要睡这间棚屋。警长，您不介意的话，我得送客了。不然看这情形，我到天亮也睡不着。”

“先生，您打算后半夜一直待在这儿？”

“当然了，不行吗？”

这下问得他哑口无言，不知所措。

“这，我想只要先生愿意，也没有理由不行。只是这也未免……”

“怪异。”多布森警员接口道。

“不合常理，”沃尔斯警长说，“这未免不合常理，因为先生您又不是没有床睡，恕我多嘴……”

是可忍，孰不可忍。

“我最讨厌睡床，”我暴躁起来，“受不了，从来就受不了。”

“是，先生。”他有一会儿没说话，“今天怪暖和的，先生。”

“可不。”

“我这小外甥差点中暑。是不是，警员？”

“啊！”多布森警员回答。

“所以行为举止怪怪的。”

“是吗？”

“是，先生。脑子给晒糊涂了。”

我老老实实又尽量委婉地向此人表示，依我看，讨论他外甥的糊涂脑袋实在不应当选在凌晨一点。

“麻烦您改日再跟我八卦家族病史，”我说，“我这会儿不想有人打扰。”

“是，先生。晚安，先生。”

“晚安，警长。”

“先生，恕我多问一句，先生有没有觉得太阳穴烧得慌？”

“什么？”

“先生有没有觉得头上突突跳？”

“本来没跳，这会儿也跳了。”

“啊！那，再次道一声晚安，先生。”

“晚安，警长。”

“晚安，先生。”

“晚安，警员。”

“晚安，先生。”

门轻轻合上了。我依稀听见这两位窃窃私语了一阵子，像两位专家站在病房门外会诊。接着他们似乎走了，周围终于安静下来，只听见海浪拍击海岸的声音。老天，这海浪拍得如此孜孜不倦，渐渐地，一阵困意袭来。十分钟前我还觉着这辈子都休想睡着了，这会儿我已经舒舒服服地睡着了，一如婴孩，或者乳儿。

这种情况当然不能维系，不用说。扎福诺·里吉斯这片地儿，每平方英里的包打听数目高居全英国之首。我只记得迷迷糊糊间，有人抓着我的胳膊直摇晃。

我腾地坐起身。果然，又是那盏熟悉的提灯。

“行了，听着……”我气冲冲地刚想训斥一顿，但话还没出口就咽了下去。

摇晃我胳膊的人居然是扎飞。

9

恋人的相遇

有句话说得好：伯特伦·伍斯特一向好客，见到朋友，定会以笑语欢颜相迎。这句话大致是不错，但有一个附带条件：情况正常。眼前的情况明显不正常。老同学的未婚妻在你卧室床上下榻，而且穿着你本人的睡衣裤，此时这位老同学突然出现在眼前，实在是很难毫无戒心地跟他相谈甚欢。

因此，我没有笑语相迎。其实我连欢颜都挤不出来。我呆呆坐着，瞪眼瞧着他，搞不清他怎么会过来、打算待多久，玻琳·斯托克会不会突然从窗口探出头来，大喊大叫，让我快冲过去降服耗子什么的。

扎飞俯身望着我，颇有点临终关怀的风范。我看见沃尔斯警长在背景处徘徊，也是一副训练有素的护士模样。多布森警官却不知去向。说他升天了，这种想法未免太乐观，因此我推断，他是回去巡逻了。

“别怕，伯弟，”扎飞安慰道，“是我，伙计。”

“我在港口附近碰见了爵爷。”警长解释道。

不得不说，我气不打一处来。我一下就明白了。话说扎飞是个性情中人，一旦被棒打鸳鸯，他可不会自斟自酌，然后乖乖回房休息，他一定要跑去守在人家窗户底下不可。假如他的心上人在游艇上，跟他隔着半个海湾，那他也只好退而求其次，跑去滋扰海岸线。这一切本来无可厚非，可是依照目前的情况，真叫一个不识相——我这么说已经很客气了。我之所以气不打一处来，是觉得他应该早一点跑去站岗，那就能赶在心上人上岸的时候相认，那不就省却了我这会儿尴尬吗？

“伯弟，警长很担心你，他看你举止有些反常，所以请我来瞧一眼。沃尔斯，还是你心细。”

“爵爷过奖。”

“做得好。”

“爵爷过奖。”

“再明智不过了。”

“爵爷过奖。”

他们一来一去，真叫人反胃。

“伯弟，你这是轻微的中暑吧？”

“我才没中该死的暑呢。”

“沃尔斯是这么想的。”

“沃尔斯是个笨蛋。”

警长有点冒火。

“恕我冒昧，先生。先生亲口说头上突突跳，所以我以为是脑袋给晒糊涂的表现。”

“一点不错。老兄，你准是有点神志不清了，”扎飞温和地说，“是吧？不然怎么会跑到这儿睡觉，啊？”

“我凭什么不能在这儿睡觉？”

我注意到扎飞和警长交换了一个眼神。

“你明明有卧室啊，老伙计。而且是挺舒服的卧室，不是吗？我以为，窝在惬意的小卧室里，你会更舒服更开心呢。”

咱们伍斯特一向心思敏捷。我立刻意识到，我得找一个可信的理由。

“卧室里有蜘蛛。”

“蜘蛛？粉色的？”

“有点粉。”

“脚长长的？”

“算是挺长的。”

“而且浑身是毛，我猜得不错吧？”

“真是毛乎乎的。”

提灯的光打在扎飞脸上，这一刻我发现，他不易察觉地换了一副表情。就在刚才，他还是热心体贴的扎福诺大夫，匆匆赶来探病，生怕病人有个三长两短的样子。这会儿他咧嘴一笑，那叫一个惨不忍睹，然后他站起身，把沃尔斯警长拉到一旁，耳语了两句，表示对方完全搞错了方向。

“没事了，警长，不用担心，他这是喝多了。”

他自以为聪明地压低了声音，但这话其实清清楚楚地传到了我耳朵里。警长的回答也是。

“是这样啊，爵爷。”沃尔斯警长答道。听声音是一派恍然大悟的样子。

“就这么简单，烂醉如泥。你看他，是不是目光呆滞？”

“是，爵爷。”

“他这样子我从前就见过。在牛津那会儿，有一年赛艇周庆祝晚宴[1]过后，他非说自己是美人鱼，执意要扎进学院喷泉池子里弹竖琴。”

“到底是年少气盛啊。”沃尔斯警长宽容地叹道，好像很开明的样子。

“咱们得送他回屋去。”

我一跃而起，吓得魂飞魄散，簌簌发抖。

“可我不想回屋去！”

扎飞摩挲着我的手臂，安慰地说：“别怕，伯弟，没事，我们知道，怪不得你害怕，讨厌的大蜘蛛，换谁谁不怕呢。不过你别担心，我跟沃尔斯一起去，把那家伙除掉。沃尔斯，你不怕蜘蛛吧？”

“不怕，爵爷。”

“听见了吧，伯弟？沃尔斯会保护你的，任何蜘蛛都不在话下。沃尔斯，你跟我说过，你在印度的时候就杀过蜘蛛，是多少只来着？”

“96只，爵爷。”

“都是些大家伙，我没记错吧？”

“碗口大，爵爷。”

“看，伯弟。所以你什么也不用怕。警长，你架着这只胳膊，我架另一只。伯弟，你尽管放松，我们扶着你。”

现在回想起来，我有点说不准，是不是行事太鲁莽了呢。也许字斟句酌地分辩几句，结果会更有利。不过大家也明白，字斟句酌嘛，在你最需要的时候，通常是毫无头绪。眼看着警长移近

1　指牛津大学各学院间的八人划船竞赛周（Eights Week），在伊西斯河（牛津部分的泰晤士河）上举办。

我的左臂，我竟然张口结舌。故此，我放弃对话，对准他腹部就是一拳，然后冲向广阔的大自然。

唉，身在幽暗的棚屋中，周围又堆满了打杂花匠的工具，无论如何也跑不出速度。估计绊子不下半打，而导致我马失前蹄的是一只喷壶。我闷声摔倒在地，等恢复理智的时候，发觉自己身子悬在半空，正穿过夏夜，往屋子方向移动。扎飞抬着胳膊，沃尔斯警长则负责我两只脚。就这样三人一体，跨过前门，上了楼梯。诚然，这并不是标准的抬青蛙，但也足以让我深感自尊受伤了。

不过此时此刻，我并没有空细想自尊的问题。眼看着到了卧室门口，我心里只有一个念头：等扎飞推开门，发现卧室中的情况，又将掀起怎样的血风腥雨？

“扎飞，”我发自肺腑地说，“别进去！”

不过，在大头朝下、舌头跟牙齿背儿打架的情况下，声音是不可能自肺腑而发的。我努力的结果就是喉咙里一阵咕噜噜，扎飞完全误解了。

“我懂，我懂，”他说，“别怕啊，这就上床睡觉觉啦。”

他这不是侮辱人吗？我想这么说来着，但此时此刻，错愕之下我只有瞠目结舌的份儿：两位挑夫一用力，把我卸到了床上，而承接身体四肢的只有被褥和枕头。什么穿着黛紫色睡衣裤的姑娘，一点影子也没有。

我躺在床上，大惑不解。扎飞点着蜡烛，我借着光亮四处张望。玻琳·斯托克果然消失得无影无踪。连一点烟云的影子都不曾留下[1]，我记得听吉夫斯这么说过。

---

1 《暴风雨》第四幕第一场：就像这一场幻景，连一点烟云的影子都不曾留下。（朱生豪译）

真是奇了怪了。

扎飞正吩咐助手退下。

“谢了，警长，这下我一个人就能应付了。”

“爵爷确定？”

“是，没事了。这种情况他基本倒头就睡。”

“那我就告退了，爵爷。我的确觉得时候不早了。”

“是，去吧。晚安。”

“晚安，爵爷。”

警长扑通扑通下了楼梯，那动静简直够两个警长下楼梯用。扎飞像慈母守着睡梦中的宝贝一样，替我除下鞋子。

“我的小毛头，”只听他说，“安安静静地躺着吧，伯弟，放轻松。”

他这句“小毛头”透着一股屈尊俯就的意思，简直叫人忍无可忍，我常常琢磨，是不是应该回敬一句呢。我是想来着，但又觉着除非这句回嘴相当辛辣，否则只能是多说无益。我正搜肠刮肚寻找这句狠话，这时门外立柜的门突然开了，玻琳·斯托克慢悠悠地走出来，进了屋子，一派无忧无虑。说实在的，她仿佛开心得不得了。

“这一晚上，这一晚上！”她喜滋滋地说，“真是千钧一发呀，伯弟。刚才下楼的那两个人是谁？”

她一下子看到了扎飞，低低地一声惊叫，接着眼里放出爱的光芒，好像谁把开关扭开了似的。

“麻麻杜克！”她喊了一声，站在原地，目瞪口呆。

苍天做证，真正目瞪口呆的却要属我这个可怜的老同学。这个词被他演绎得可谓淋漓尽致。我这辈子见过的目瞪口呆者绝不在少数，但和扎飞的表现相比，都是望尘莫及。只见扎飞两道眉毛呈倒八字，下巴掉了一截，双眼凸出，离眼窝足有一二英寸远。他好像有话要说，但尝试均告失败，喉咙里只发出一种挺刺耳的刺啦声。大家知道调广播的时候捻得太用力的那种噪声吧？扎飞的动静除了没那么吵，其他各方面都像得很。

但玻琳这边厢却大步向前，一如与魔鬼情郎相聚的女子。伍斯特胸中不由荡起一丝怜惜之情。我是说，凡是洞若观火的旁观者，例如鄙人，都看得出，她对情况理解有误。我对扎飞了如指掌，我心里明白，此情此景，玻琳完全误解了对方的心绪。依我判断，扎飞口中的怪动静并非如她理解的爱的呼唤，而是疾言厉色的兴师问罪，因为他发现心上人竟然藏在陌生人的屋子里，还穿着黛紫色睡衣套装，故而怒火中烧、气急败坏、暴跳如雷。

但玻琳这个小呆瓜见到他却大喜过望，丝毫想不到此情此景之下，对方见到自己却未必同样大喜过望。因此，当扎飞退后几步、交叉胳膊、冷笑一声时，玻琳见状，仿佛眼睛被对方通红的拨火棍捅到了。只见她脸色一沉，露出痛楚又困惑的表情，仿佛赤足舞者跳了一半《莎乐美的幻象》，突然踩到一根大头钉。

“麻麻杜克！”

扎飞又是一声冷笑。

“哟！”他终于打开了话匣子。如果这也算话匣子。

“什么意思？你干吗这副表情？”

我觉得该说两句话。玻琳入场的时候，我已经摸下床，并且慢慢往门口磨蹭，模模糊糊地打算奔向广袤的大自然。不过我最终还是决定留下来，一半因为我觉着这种情况下溜之大吉有失伍斯特的风度，另一半因为我没穿鞋。这会儿我想出了一句应景的话，于是开口了。

“扎飞，老兄，你此刻最需要的，”我说，“就是纯洁的信念。诗人丁尼生有言道……”

“闭嘴，”扎飞打断我，“你说什么话我都不想听。”

“好嘞，”我答道，“不过无论如何，纯洁的信念更胜高贵的血统，这你不能不承认。”

玻琳还是摸不着头脑。

“纯洁的信念？什么……哦！”她猛地收住了口。我注意到，她双颊涌上一抹红晕。

“哦！”只听她说。

她继续面泛红光，但这会儿已经不是因为羞怯的缘故。第一声“哦”，是因为她瞥到罩在睡衣裤中的四肢，蓦然醒悟到自己境况暧昧。但这第二声“哦”，本质上却截然不同。那是女子怒不可遏时撕心裂肺的呐喊。

这意思想必大家都明白。要说这么一个心细如发又心比天高的小姐，为了与心上人相见，煞费苦心地克服万难：跳游艇、游冷水、爬茅舍、借睡衣，如此行程终了，本以为会得到醉人的笑靥、喁喁的情话，哪想到却迎来横眉冷对、嘴角一撇、满脸狐疑以及一个字——啧。她不高兴也是理所当然。

“哦！”这已经是第三声了。她牙齿一嗑，声音特别刺耳。“原来你是这么想的？”

扎飞摇头晃脑，很不耐烦的样子。

“当然不是。”

“你就是。”

“我不是。”

“我说是就是。”

“我根本没有那么想，”扎飞说，“我知道伯弟他……”

“所作所为从头到尾无可指摘。”我接口。

“跑去盆栽棚睡了。”扎飞接着说。坦白说，他的表述还不及我的一半。“但这不是重点。事实是，虽然你答应嫁给我，并且今天下午答应嫁给我的时候还装作兴高采烈的样子，你对伯弟还是念念不忘，甚至不能忍受和他分开。你以为我不知道你们在纽约订婚的事，我是知道的。哦，我不是怪你，”扎飞一副圣塞巴斯蒂安被第15支箭射中的模样，“你爱和不爱谁都是……”

“爱或不爱谁，老兄。”我忍不住纠正他。在吉夫斯的熏陶下，我在这种语法问题上已经成了纯粹主义者。

“你消停一会儿不行吗？”

“当然，当然。”

“你非得打断人家……”

“对不住，对不住，再也不会了。”

扎飞本来死死地瞪着我，仿佛想拿钝器放倒我，这会儿他再次把目光转移到玻琳身上，仿佛想拿钝器放倒她。

“但……”他顿了一顿，“都怪你，我忘了说到哪儿了。”他赌气似的说。

玻琳接过了话茬。她这会儿还是有点面红耳赤，并且眼中精光四射。这种眼神我在阿加莎姑妈眼里见过。那是我偶尔心血来潮，有失分寸，阿加莎姑妈打算训斥我的时候。这会儿她眼中的爱意已经无影无踪。

“哼，那，不如听我说说感想吧。想必你不反对我说一句吧？”

“不。”扎飞说。

“不，不。”我说。

玻琳无疑是怒不可遏，我发现她脚趾都在扭动。

“第一，你真叫我恶心！”

“当真？”

“当真。第二，我永远也不想见到你，无论是这辈子还是下辈子。”

“真的？”

“真的。我恨你，我当初就不该认识你。你那破公馆的那些猪里头，就数你最讨厌。”

我来了兴趣。

“我不知道你养猪啊，扎飞。”

“黑巴克夏[1]，”他心不在焉地回答，“哦，要是你这么想……”

“猪至少还值钱。”

“哼，很好，”扎飞说，“要是你这么想，那，很好。”

“很好，还用说。”

“我不是说了吗，很好。”

“我叔叔亨利……”

“伯弟。”扎飞打断我。

“在？”

“我不想听你叔叔亨利的故事。我对你叔叔亨利不感兴趣。就算你讨厌的叔叔亨利一跤跌倒，摔断了讨厌的脖子，我也不在

1 产于英格兰巴克郡的一种猪。

乎。”

“太迟了，老兄，他三年前就归天了。肺炎。我只是想说他也养猪，而且获益不菲呢。”

“你还啰唆……”

“不错，你也是，”玻琳插嘴道，“你打算在这儿过夜不成？你最好立刻闭嘴走人。”

“我正有此意。”扎飞说。

“那还不行动。”玻琳说。

“再见。”扎飞说。

他大步迈向楼梯。

“我还有一句话……”他激动地一扬手。

唉，我早该警告这个可怜鬼，在古老的乡间茅屋里，这种事万万做不得。他的指节撞到了悬臂梁，痛得跳脚，一个重心不稳，接着，只听一阵扑通通，他直摔下一楼，如同卸一袋煤球。

玻琳跑到楼梯扶手边，探头望下去。

“痛不痛？”她喊道。

“痛啊。”扎飞吼道。

“活该。”玻琳跟着喊。

她转身回屋。只听前门“嘭”的一声，如同一颗心痛到极点，终于“噗”地碎了。

10

又一个不速之客

我深深地吸了口气。男方一走，那种紧张的气氛似乎也随之而去。过去，扎飞一向是我眼中志同道合的最佳伙伴，不过刚才那一场戏里，他的友好水平实在有点儿低，以至于有那么一阵子，我忍不住觉得自己颇像身陷狮窟的但以理[1]。

玻琳有点气喘吁吁，说是从鼻子里喷气吧，又并不确切，总之，不妨说是介于喷与不喷的边缘。她眼神凶巴巴、亮闪闪的。可见是激动得不能自已。她捡起泳衣。

"走开，伯弟。"她说道。

我本来希望两个人平心静气地聊聊，其间可以理顺来龙去脉，通过说长道短，以期制订接下来的最佳行动计划。

"可是……"

"我要换衣服。"

"换什么衣服？"

"泳衣。"

---

1 《但以理书》6：16–27记述希伯来先知但以理被掳至巴比伦，因笃信上帝，虽身陷狮窟而未受害。

我摸不着头脑。

“为什么？”

“因为我要游泳。”

“游泳？”

“游泳。”

我大吃一惊。

“你难道要回游艇去？”

“我的确是要回游艇去。”

“可我还想跟你谈谈扎飞呢。”

“我以后永远也不想听到这个名字。”

看来该经验丰富的中间人上场了。

“哎，得了！”

“怎么？”

“我说‘哎，得了！’呢，”我解释道，“我是说，你不会真的打算就这么跟那个可怜虫一刀两断吧？就为了小两口鸡毛蒜皮的口角？”

她望着我，神情颇为古怪。

“你能再说一遍吗？就最后一句。”

“小两口鸡毛蒜皮的口角？”

她重重地喘气，一瞬间我觉着又掉进了狮窟。

“我以为听错了呢。”她说。

“我的意思是，当甲方（女）和乙方（男）在气头上，双方注定要说一些口不对心的话。”

“哦？哼，那我告诉你吧，我的话字字当真，我说永远不想和他讲话，我就不想。我说我恨他，我就恨。我骂他是猪，他就是。”

“对了，扎飞的猪倒是蹊跷。我压根不知道他养猪。”

“有什么稀奇？一丘之貉。”

猪的话题似乎就此穷尽了。

“你是不是太心狠了？”

“我有吗？”

“而且对扎飞也太凶了点。”

“我有吗？”

“而且他的态度本来还算可以原谅的，不是吗？”

“就不是。”

“那个可怜的家伙准是吓得不轻，我是说，闯进来发现你在这儿。”

“伯弟。”

“在？”

“你脑袋有没有被椅子砸过？”

“没有啊。”

“那，你可能快了。”

看得出，她这会儿没心情听道理。

“哦，这个嘛。”

“你这句话的意思还是‘哎，得了！’？”

“不是啦，我只是想说，这样太可惜了。好好一对有情人，就这么一刀两断——呜呼！”

“怎么？”

“那，既然你这么想——你是这么想吧？”

“不错。”

"那现在来谈谈游泳回家的问题。依我看，那就是发神经。"

"现在这儿又没有什么可留恋的，不是吗？"

"是。不过大半夜游泳……会很冷的。"

"还很湿，但我不在乎。"

"可你怎么爬上游艇呢？"

"我自有办法，可以顺着系锚的那个东西爬上去，我以前就爬过。好了，你快回避一下，我要换衣服。"

我回避到楼梯平台。不一会儿，她就穿着泳装走出来。

"你不用送我。"

"当然要送，如果你真的要走。"

"我是要走，假不了。"

"那，既然你决定了。"

出了大门，更觉得寒气逼人。光是想到跳进海里，我就忍不住哆嗦。但玻琳却不为所动，她一语不发地潜进夜色中。我转身上楼跳上床。

大家或许会觉得，经历了车库啊盆栽棚啊什么的，再往床上一趟，我准能立刻睡着。可惜没有，我睡意全无，越是努力想睡，思绪越是集中，不住回想刚才亲身经历的这桩惨剧。我不怕承认，我为扎飞而心痛，也为玻琳而心痛，同时为他们两个痛。

我是说，想想看吧，这两个都是良善的青年，甚至可以说是天造地设的一对，本来应该白头偕老，却无缘无故地彼此不理不睬的，这事儿弄的。可怜，可叹。人畜无益嘛。我越想越觉得不可理喻。

可是事实如此，狠话也说了，感情一笔勾销，彻彻底底的覆水难收了。

此情此景，我一个心有戚戚的局外人，只有一件事好做。我突然意识到，上床睡觉之前没想到，真是脑子坏掉了。我爬出被窝，下了楼。

威士忌酒瓶摆在碗柜里，还有苏打水瓶，还有酒杯。我动手调了一杯平复心神的饮品，坐了下来。这么一坐，才注意到桌子上多了一张纸。

是玻琳·斯托克留的字条。

亲爱的伯弟：

关于冷的问题，你说得不错。我没勇气游泳了，幸好栈桥附近停了一只小船，我打算划船回去，过后让船顺流漂走。我回来是为了借一件大衣。因为不想吵到你，所以我还是爬窗户进来的。只怕你这件衣服要牺牲了，因为我上了游艇后只能把衣服扔进海里。抱歉。

玻·斯

瞧见这文风没有？简单粗暴，前言不搭后语，足可见她心中哀恸，郁郁不乐。我越发觉得她可怜，但想到她至少不会头伤风，又很欣慰。至于大衣，满不在乎地耸耸肩膀，如此而已。区区一件衣服，我怎么会记恨她呢。纵然那是我新买的，而且是绸里子的。总之一句话，乐意效劳。

我撕掉纸条，又端起酒杯。

要说凝神静气，那是什么也比不上浓威士忌苏打。约莫一刻钟后，我只觉通体舒泰，又可以考虑上床休息的事儿了。我愿意打赌，至少押八赔三，这一次准能安然入睡。

我站起身，正准备爬楼梯，今夜第二次响起了震耳欲聋的敲门声。

不知道大家会不会觉得我是暴脾气，但应该不会吧。随便去“螽斯”打听一下，十有八九大家会说，伯特伦·伍斯特嘛，只要风平浪静风和日丽的，基本是温文尔雅的化身。不过呢，我也不是随便任人欺负的，例如在班卓里里一事上，我就不得不给吉夫斯点厉害瞧瞧。此时我拉开安全链，双眉紧锁，眼神凌厉，准备骂得沃尔斯警长——我以为定然是此人——狗血淋头，让他终生难忘。

“沃尔斯，”我打好了腹稿，“是可忍，孰不可忍。这种警察迫害马上给我停下。简直荒谬，而且无缘无故。咱们又不是在俄国，沃尔斯。你给我记好了，沃尔斯，有种东西叫《泰晤士报》读者来信！”

我本来计划如此这般地申饬沃尔斯警长，但之所以口下留情，并非一时软弱，也非动了恻隐之心，实在是因为抓着门环的人根本不是沃尔斯。来客赫然是J.沃什本·斯托克，只见他端详着我，强行压下一腔怒火的样子。要不是我刚饮尽一杯还魂剂，并且清楚其女玻琳已经安然离开，我准要吓得方寸大乱。

幸好，我一个不动声色。

“怎么？”我明知故问。

这两个字里饱含冷眼旁观和俾睨众生之气，换了一般人，大概要仰天一跤摔倒，一如被子弹击中。但斯托克眼也不眨，一把推开我，径直迈进屋子，然后转身抓住我的肩膀。

“行了！”他说。

我冷冷地甩开他。为此我不得不扭着身子挣脱了睡衣，但总算成功了。

“抱歉？”

“我女儿呢？”

“令女玻琳吗？”

“我只有这么一个女儿。”

“您是问我这么一个女儿在哪儿？”

“我知道她在哪儿。”

“那您何必问我？”

“她就在这儿。”

“那把睡衣还给我，叫她进来吧。”我答道。

我从没有亲眼见过谁咬牙切齿，所以我不好说J.沃什本·斯托克这会儿做的就是这个动作。我只能笃定地说，他双颊肌肉绷紧，下颌微微运动，仿佛在嚼口香糖。这画面实在不够赏心悦目，不过幸亏刚才那杯特调威士忌苏打纯度够高。本来是为了助眠用，这会儿正好为我平添了不屈不挠、镇定自若。

“她就在屋子里！”他继续咬牙切齿。如果这真的是咬牙切齿。

“何出此言？”

“我这就告诉你。半个小时前，我去了她那间特等舱，结果里面空无一人。”

“可您怎么会以为她来这儿了？”

“因为我知道，她对你痴心一片。”

“没有的事儿，她跟我只有兄妹之情。”

“我要搜遍这屋子。”

“请便吧。”

他噔噔奔上楼梯，我又回去端起酒杯。不是原来那杯，我又调了一杯。我认为，依眼下的情况，续一杯是合情合理的。不一会儿，我这位不速之客，上去的时候还如一头凶猛的狮子，下来已然变成温驯的羔羊。想来为人父母者深更半夜闯进某位点头之交的茅舍寻找离家出走的女儿，结果发现半个女儿的影子也没有，大概都会觉得平白做了傻子。换作是我肯定会。这个斯托克似乎也不例外，只见他一副手足无措的模样，看得出，他那股子火气或者说原动力已经蒸发了。

“伍斯特先生，我要向你道歉。”

“别提它了。”

“我发现玻琳不见了，自然而然地以为……”

“快别多想了。谁不会呢，所谓一个巴掌拍不响什么的。您走前要不要来点什么？”

我认为，稳妥起见，应该尽量拖延他，好让玻琳有足够的时间回到游艇上。可他不为诱惑所动。显而易见，他心事重重，顾不上喝两杯。

“我真想不明白她还能去哪儿。”他喃喃地说。这语气如此温和，甚至有几分倾诉衷肠的哀婉，仿佛把伯特伦当成睿智的老朋友，正娓娓道出自己的小困扰。他绝对是泄了气的皮球，跟小孩子玩儿都不怕了。

我尽量安慰他。

“她可能去游泳了呢。”

“这大半夜的？”

“女孩子家古怪着呢。”

“她倒的确是不可理喻，比如说她对你痴心一片。”

我看他这也忒不通礼数，正想眉头一皱，却突然想到，我本来就要匡正——如果这个词没用错——他对于所谓“痴心”的错误观念。

“此言差矣。斯托克小姐并非钟情于我，”我劝慰道，“她一见到我，就笑得肚子疼。”

“我看今天下午那一幕不像啊。”

“哦，那事儿呀，纯粹的兄妹之情，以后绝不会了。”

“最好不会，”他一瞬间又恢复了所谓的本色，“那，就不打搅你了，伍斯特先生。我要再次向你道歉，是我一时犯糊涂。”

我有点想拍拍他后背，但最后只是模拟了一个拍背的姿势。

“算啦，”我连忙说，“算啦。我犯糊涂的时候，数都数不尽。”

就这样，我们其乐融融地分道扬镳。他沿着花园小径走了，我怕又有人来串门，于是候了约十分钟，喝光了杯中物，这才起身回房。

有的起了头，有的完成了，挣来了一夜的酣眠，或者最起码，在充斥着各种斯托克、玻琳、沃尔斯、扎飞和多布森之地——半夜的酣眠。疲惫的眼皮合上才没多久，我就坠入了黑甜乡。

说起来真是不可思议。体会过扎福诺·里吉斯的夜生活，接下来将我惊醒的居然不是床底下蹿出个女子，接着她爹满眼血丝地夺门而入，也不是警长用门环大玩爵士乐，而是窗外的鸟雀叽叽喳喳地报晓。

说是报晓，其实此刻已经十点半了。这是个明媚的夏日，阳光透过窗户洒进来，似乎唤我快快起床，来一点鸡蛋、熏肉和一壶可爱的咖啡。

我迅速泡了个澡，刮干净脸，一溜小跑奔向厨房，一派“巧儿宜”[1]之乐。

---

1 法语Joie de vivre，意为生活乐趣

11

居心叵测的游艇主

用过早饭，我往门前花园里一坐，练起了班卓里里，一边弹，一边觉得有什么声音在我耳边低语，责怪我不该这么兴兴头头的，尤其考虑到此时不过是翌日清晨。一夜之间陡生变故，家门不幸。不到十个小时前，我眼睁睁地看着一段恋情惨淡收场。我素以善解人意自居，果真如此，此刻应该备感生活索然无味才对。一对有情人——其中之一还是我从小学到牛津的同学——当着我的面大打出手，彼此咬得千疮百孔，最后一怒之下发誓——根据目前日程安排——后会无期。可我呢，这会儿还无忧无虑、麻木不仁地拨弄琴弦，大弹《我手指一竖说啧啧》。

太不合时宜了。我换了一首《全心全意》，这下一股哀恸之情油然而生。

不能袖手旁观，我这么琢磨。必须采取措施，多方想辙。

但我也不能自欺欺人：这局势着实错综复杂。凭以往的经验，每次我某位哥们儿同未婚妻断绝“外交关系”（或反之），双方基本都住在同一所乡间别墅，或者至少同住在伦敦，所以安排双方相见，再慈悲地笑着牵起两人的手握在一起，总不至于太费力气。至于扎飞和玻琳·斯托克呢，就不可同日而语了。女方身陷游艇，跟深宅大院差不多；男方则住在三英里开外的公馆。要想帮他们牵牵手，本人实在没有出入自由的能力。不错，老斯托克是一夜之间对我有所改观，但他也丝毫没有将游艇指挥权托付于我的意思。要和玻琳传递消息，还要劝她回心转意，只怕毫无胜算，跟她待在大洋彼岸的美利坚也没什么区别。

总而言之，问题很棘手。我正左思右想，只听花园栅栏嘎吱一声，我抬眼望去，只见吉夫斯沿着小径朝我走来。

“啊，吉夫斯。”我招呼道。

他大概会觉着我有些淡淡的，我这是故意做给他看的。一想起他跟玻琳说的关于我心智水平的那番不着边际、有欠考量的评语，我就异常不爽。这种情况已经不是第一次了，而我也是有感情的人。

也不知道他察觉我的傲气没有，反正他视而不见，依然是那副沉着冷静不为所动的样子。

“先生早。”

“你从游艇那边过来？”

“是，先生。”

“斯托克小姐在吗？”

“是，先生。小姐出来用过早餐。我见到她倒有些诧异，我以为她会留在岸上，和爵爷取得联络。”

我干笑两声。

“他们联络上了倒是没错。”

“先生？”

我放下班卓里里，冷眼望着他。

“你倒是厉害，昨天晚上什么有的没的都往我这儿送！”

“先生？”

“你以为光说‘先生’就没事了？昨晚斯托克小姐要游泳上岸，你干吗不拦着？”

“先生，小姐明显心意已决，我实在不好贸然阻挠。”

“她说你连说带比画地怂恿她。”

“并非如此，先生，我仅仅表示理解其心意而已。”

“你还说我会很乐意留她过夜。”

“小姐早已决定暂时到先生这里落脚，我只不过顺着她的意思，表示先生会竭尽所能，助她一臂之力。”

“那，你可知道招来了什么样的后果——或者说祸患？警察都上门了。”

“果然，先生？”

“可不是。屋子里旮旯犄角塞满了可恶的大小姐，我自然没地儿睡，只好移居车库。结果不出十分钟，沃尔斯警长就现身了。”

“我和沃尔斯警长尚缘悭一面，先生。”

“还带着多布森警员。”

“多布森警员我认得，一位可亲的年轻人，他与公馆的客厅女侍玛丽来往频繁。玛丽是个红头发丫头，先生。”

“吉夫斯，你克制一下，别有事没事就评论人家客厅女侍的头发颜色，”我冷冰冰地说，“这无关宏旨。说重点，也就是我被‘尖头曼’追来追去，一整夜都没合眼。”

“我深表同情，先生。”

“最后扎飞也来了。他对情况的理解和事实差了十万八千里，非要扶我回房，帮我除下鞋子，哄我睡觉。他正忙里忙外的，斯托克小姐突然迈着方步进来了，她还穿着我那套黛紫色睡衣裤。”

“着实令人烦恼，先生。”

“可不是。小两口吵翻了天，吉夫斯。”

“果然，先生？”

“眼睛喷火，扯开了嗓门，最后扎飞滚下楼梯，闷闷不乐地消失在夜色中。现在的重点——也就是症结所在——该如何是好？”

“情况复杂，需要从长计议，先生。”

“你是说，你暂时没有一点头绪？”

“我也是刚刚才得知其中曲折，先生。”

“那倒是，我都忘了。你早上和斯托克小姐通过消息没有？”

“没有，先生。”

“嗯，我看你也不必跑去公馆劝扎飞回心转意了。经过我一番深思熟虑，很明显，吉夫斯，需要劝服的倒是斯托克小姐。要对她温言相劝、据理力争，总之一句话，嘴皮子功夫。昨天晚上，扎飞深深地伤了她的心，要让她改变心思，非得费一番力气不可。相比之下，扎飞那边就容易多了。我估计这会儿他都在猛扇自己嘴巴，骂自己做了这种糊涂事。让他安安静静地反省一下，顶多一天，就该醒悟自己错怪了人家。所以跑去跟扎飞讲道理呢，纯粹是浪费时间。别理他，顺其自然，他就好了。你最好还是立刻回游艇去，看那边厢能帮上什么吧。”

“先生，我上岸来并非是想见爵爷。恕我重复一遍，直到刚才先生跟我讲清来龙去脉，我并不清楚两人生了罅隙。我之所以来，是替斯托克先生给先生送一张字条。”

莫名其妙。

“字条？”

“先生请看。”

我茫茫然打开来，读了一遍，还是半懂不懂。

“怪了，吉夫斯。”

“先生？”

“这是一封请帖。”

“果然，先生？”

“绝对是。说请我去赴宴。‘亲爱的伍斯特先生，’斯托克老爹是这么写的，‘敬请今晚赏光上船，备下粗茶淡饭，不胜乐和。无须打扮。’这是大意。怪吧，吉夫斯。”

“的确出人意料，先生。”

“忘了告诉你，昨天晚上诸多访客之一就是这位斯托克。他硬是闯进来，嚷着他女儿藏在我这儿，还到处搜了个遍。”

“果然，先生？”

“嗯，当然，他半个女儿也没找着，因为人家早动身回游艇去了。斯托克好像意识到自己失礼，走的时候那叫一个锐气全消，跟我说话居然也客客气气的。我本来还愿意打赌，他根本没这个本事。可他突然好客起来，难道就因为这个？我看不见得。昨天晚上他也就是略感歉意，绝对说不上友好。要说他打算开启一段伟大的友谊，可没有一点迹象。”

“或许是今天早上我和老先生的那番话，先生……”

“哈！是你让他产生了亲伯特伦的想法，对不对？”

“先生，用过早饭，斯托克先生特地叫我过去，问我是否曾在先生手下做事。他说依稀记得在先生纽约的寓所见过我。得到确认之后，他提了几件旧事，问我其中缘故。”

“卧室里的猫？”

“以及热水袋一事。”

“被偷的礼帽？”

“还有先生爬排水管那一桩。”

“你就说——”

“我解释说，罗德里克·格洛索普爵士对上述意外事件看法有失偏颇，然后一一讲述了来龙去脉。”

“那他——”

“似乎心中大悦，先生，大概觉得过去误会了先生。他说早该知道，罗德里克爵士的话不可信，还说对方不过是一个谢顶的老王什么，具体用词我一时记不起了。想来他写信请先生去用晚饭，应该是在这不久之后。”

我心满意足。每当伯特伦·伍斯特看到古老的忠仆精神发光发热，他总是衷心赞许，并且将赞许宣之于口。

“谢了，吉夫斯。”

“先生言重了。”

“你做得很好。不过，从某个角度来看，斯托克老爹认为我疯了也好，没疯也罢，我并不以为意。我是说，他自家亲戚里就有一位喜欢倒立走路的先生，这种人哪有资格评论人家是不是心智健全，还敢端着架子，自以为……”

“Arbiter elegantiarum[1]，先生？”

1　拉丁语，意为美之仲裁，形容古罗马皇帝尼禄手下的官员佩特罗尼乌斯（Petronius）。

“不错。因此，从这方面看来，老斯托克怎么看我，我根本无所谓。耸耸肩就完事了。但这个先放在一边不提。我得承认，他改变初衷，倒是好事，所谓事有凑巧，我决定赴约，这封请帖正是……”

“Amende honorable[1]，先生？”

“我想说橄榄枝来着。”

“抑或橄榄枝。这两个词词义几乎相差无几，私以为，法语表达用在此处或许更加恰当，其中暗含了愧疚之情、弥补之意。不过，先生喜欢‘橄榄枝’一词的话，也并无不是之处。”

“谢了，吉夫斯。”

“先生客气。”

“想必你知道，你这么一打岔，我已经忘了说到哪儿了。”

“抱歉，先生，恕我多嘴。如果记得不错，先生说到有意接受斯托克先生的邀请。”

“啊，对，很好。我决定赴约，管他是橄榄枝还是‘阿曼达’，根本无关紧要，都是鸡毛蒜皮的小破事，吉夫斯……”

“是，先生。”

“至于为什么决定赴约，我这就告诉你。因为这样我就有机会见到斯托克小姐，替扎飞说情。”

“明白了，先生。”

“当然这并非易如反掌。我压根不知道从何做起。”

“先生，我倒有个建议。假如小姐听说爵爷抱恙，想来会为之动容。”

1　法语，本意为对重罪犯人公开羞辱以示惩戒，后指公开道歉、承认错误。

“她知道扎飞身体好着呢。”

“自从两人分手之后，爵爷心力交瘁，因而抱恙。”

“啊！我懂了。悲痛欲绝？”

“先生所言甚是。”

“只想一死了之？”

“先生说得恰到好处。”

“她会起恻隐之心，是吗？”

“十有八九，先生。”

“好，那我就走这个路线。请柬里说晚上七点开席。是不是早了点？”

“我想此番安排是为了方便德怀特小少爷。这场宴会是他的生日宴，昨天我跟先生提过。”

“对呀，过后还有黑脸艺人表演，他们会到场吧？”

“是，先生。艺人班子会如期到场。”

“不知道有没有机会跟班卓琴手聊两句。我有几个指法方面的问题想请教请教。”

“应该不难安排，先生。”

他口气好像有点僵硬，看得出，提起这个话题，他还是有些尴尬。我是说，触到了旧伤口。

那，在这种情况下，最好的应对办法就是开诚布公直截了当，这是我的一贯看法。

“吉夫斯，我的班卓里里水平大有进步呢。”

“果然，先生？”

“要不我弹一首《爱情是什么呢》给你听？”

“不必了，先生。”

“你对我这件乐器仍然坚持己见？”

“是，先生。”

“唉，好吧。真可惜，咱们在这个问题上意见相左。”

“的确，先生。”

“算了，勉强不得。别往心里去。”

“不会，先生。”

“虽然很遗憾。”

“着实遗憾，先生。”

“好了，告诉老斯托克，我七点钟准时挽起秀发出席。”

“是，先生。”

“用不用写张客气的便条？”

“不必，先生。老先生吩咐说带句口信就可以。”

“那好咯，你去吧。”

“遵命，先生。”

晚七时整，我如约登上游艇，把帽子和轻便的外套随手交给经过的水手哥。此时此刻，我心里说不出是什么滋味，各种情绪都在胸中激荡。一方面，扎福诺·里吉斯清新的臭氧让我食欲大增；回想起纽约的经历，我知道J.沃什本·斯托克从不亏待餐桌上的客人。但另一方面，有他在场，我从来就没办法所谓地处之泰然，尤其是这会儿，我心里更是没底。不妨这样说吧：肉体的或者物质方面的伍斯特对这桌酒宴翘首以盼，但精神方面的他却有点打怵。

根据经验，上了年纪的美国先生分两种。第一，心宽体胖、架着角质框眼镜型。这种是友好的代名词，把你当成最钟爱的孩子，还没等你反应过来，他已经摇晃起鸡尾酒调酒器，一边爽朗地大笑，一边灌你两盅，重重地拍你后背，再讲一个关于派特和麦克两个爱尔兰佬的方言笑话，总之一句话，让人如沐春风、陶醉不已。

第二种，即眼神冷峻阴郁、下巴见方型，这种人好像对英国亲戚总放不下心。他们可不是活泼鬼。永远心事重重，惜字如金，嘶嘶吸气，仿佛忍着剧痛。你一不留神和他四目相投，就如同磕到了生牡蛎。

在这第二类人士或者物种里，J.沃什本·斯托克可是终身副主席。

但是我很快发现，今天晚上，他收敛了几分。这让我放下了心头大石。他虽然说不上和蔼可亲，至少让人觉得努力了。

“伍斯特先生，一家人安安静静地吃顿团圆饭，希望你没意见吧？”他跟我握过手后寒暄道。

“怎么会。多谢您好心请我。”我连忙回答。礼貌上咱们可不能输了人家。

“就你、德怀特和鄙人。小女偶感头痛，正卧床休息。”

情况不妙哇。这么一来，可以说是白来一场了。

“哦？”我问。

“只怕是昨天晚上出去有点累到了。”斯托克老爹眼中又浮现出那种狡狯。我听懂了言外之音：玻琳给“晚饭别吃了，回屋去！”了，一点不给面子。老斯托克可不是那种思想开明的现代派父亲。我以前就发现，他骨子里隐隐有种古老的清教徒式的郑重其事、顽固不化。简而言之，此君的家教观念就是严父出孝子。

在他那眼神的注视下，我想表示关切，又不晓得如何开口。

“这么说您……呃……她……呃……”

“不错。伍斯特先生，你猜对了，她果然是去游泳了。”

他说这话的时候，我再次注意到那种狡狯的眼神一闪而过。看得出，玻琳今天晚上是失宠了，我很想替那个可怜丫头说两句好话，可惜想了半天只想到一句“女孩子家嘛”，也只好放弃。

正犹豫间，有个乘务员模样的人宣布开饭，我们鱼贯进了餐厅。

这一顿饭吃的。我时不时犯寻思，之前的意外状况导致公馆一干人等无法到场，真是可惜。对此大家可能要表示异议，想当然地以为，宴会成功的必要条件就是没有罗德里克·格洛索普爵士、扎福诺老夫人及其公子西伯里到场。话虽如此，我还是要坚持己见。晚宴笼罩着一种叫人如坐针毡的气氛，害得我吃什么都味同嚼蜡。要不是这位斯托克老先生煞费苦心地邀请我，我准会以为他把我视为眼中钉呢。他往那儿一坐，大部分时间里一语不发，面色阴沉，光听见咀嚼的声音，仿佛有心事。等他开口说话的时候，明显是有一股子那什么。我是说，虽然不是从牙缝里挤出来的，但也差不多了。

为了避免冷场，我只好变着法子想话题。一直到小德怀特下了桌子，剩下我们两个人点起雪茄，才终于让我碰上一个对他脾胃，令他开怀，讨他欢心的话题。

“真是一艘好船，斯托克先生。”我客气道。

他脸上第一次有了点表情。

“再好的只怕寥寥无几。”

“我没怎么出过海。除了那年在考斯，就没登上过这种型号的船。”

他喷出一口雪茄，眼神滴溜溜转向我，又很快移开了。

“私人游艇有不少便利。”

“哦，可不是。”

“地方大，足够朋友留宿的。”

“多的是呢。”

“而且一旦留下来，可不像在岸上一样，说溜走就溜走。”

这个角度倒是独特，不过想来斯托克这种人留不住客人也是理所当然的。我是说，他从前应该是有惨痛的经历吧。对主人家来说，最丢脸的事莫过于请人到乡下别墅久住，结果第二天午饭时分却发现，人家早就偷偷溜出门奔向火车站了。

“想不想到处看看？”他问。

“好。”我回答。

“我很乐意带你转转。咱们现在这间是主客厅。”

“啊。”我说。

“我带你去看看特等舱。”

他站起身，带着我穿过走廊什么的，最后走到一扇门前停下，他打开门，扭亮了灯。

“这是特等舱里面积比较大的。”

“的确不错。”

“进去瞧瞧吧。”

其实站在门口就将一切尽收眼底了，但这种情况下不得不客气一下。我迈过门槛，走过去戳了戳床铺。

就在这一刻，门“嘭”一声关上了。等我回过神来，那老小子却不见踪影。

有猫腻，我如是想。不错，猫腻简直是大大的。我奔到门口，一拧把手。

这破门居然锁死了。

“喂！”我大喊一声。

没人应。

“嘿！”我接着喊道，“斯托克先生。”

只有沉默，无尽的沉默。

我只好折回床边坐下。这事可得好好琢磨琢磨。

12

动手抹吧，吉夫斯！

我看情况着实不妙。除了一片茫然又对情节发展百思不得其解，我还有一种前途未卜之感。不知道诸位有没有读过那本《蒙面七怪》？就是那种鸡皮疙瘩小说，里面有一位老兄叫德勒斯戴尔·耶茨，是个私家侦探，有天晚上他顺藤摸瓜，找到一处地窖，刚刚查到两处线索，突然听到铿锵一声响，活板门突然关闭，接着门外传来一阵狞笑。一瞬间，他的心脏停止了跳动；我也是。除去那声狞笑（也可能是斯托克没让我听到而已），我看我的情况和他再无二致。和老德勒斯戴尔一样，我预感到大难临头。

当然了，要是这种事发生在我客居乡下别墅期间，而将门反锁之人是我某位哥们儿，那就很好解释了。我知道，那不过是无伤大雅的恶作剧而已。在我的交友圈子里，有不少仁兄以为把你反锁在房间里就是人生一大乐事。但眼下，我觉得事情没这么简单。老斯托克一点调皮捣蛋的细胞也没有，无论诸位如何看待这位眼神狡狯的老爹，总不会认为他幽默感十足。假如斯托克老爹把客人关在冷藏室，那一定是居心叵测。

因此，伯特伦坐在床沿，吸着雪茄兀自出神，心中忐忑，这实在不足为奇。我不由自主地想起了斯托克那个远房堂兄乔治。毫无疑问，神经病一个。这种病会不会遗传，又有谁说得准？我是说，从把人反锁在特等舱，到满口白沫、目露凶光地冲进来，提着板斧做出不义之举，这之间似乎也没隔着什么不可逾越的鸿沟。

想到此处，只听“咔嗒”一声，门开了，主人赫然立在门口。说来惭愧，我不由自主地缩了缩身子，做好了最坏的打算。

不过他的态度倒是叫人放心不少。面红耳赤是不假，但并不是披着人皮的恶魔状。只见他眼神镇定，嘴角并无白沫。而且他还叼着雪茄，在我看来这是个好兆头。我是说，虽然这辈子并没有见过什么见人就杀的疯子，但我总觉得，他们动手之前会先扔掉雪茄吧。

“怎么，伍斯特先生？”

每次别人跟我说“怎么”，我都无言以对，这次还是没有灵感。

“很抱歉，刚才突然扔下你走了，”斯托克接着说，“我忙着去安排音乐会了。”

“我很期待音乐会呢。”我回答道。

“可惜了，”斯托克老爹说，“你赶不上了。”

他若有所思地望着我。

“过去，换我年轻那会儿，非扭断你的脖子不可。”他说。

这对话的走向似乎不妙。说穿了，老不老全看心态，谁也说不准他会不会突然间——怎么说来着？——聊发少年狂。话说我就有一位叔叔，七十有六，每次几杯陈年波尔图下肚，就要跑到院子里爬树。

“听着，”我客气中又带了几分迫切，“我知道这是浪费您的宝贵时间，不过麻烦您告诉我，这究竟是什么意思？”

“你不知道？”

“我知道个鬼。”

“也猜不出？”

“猜出个头。”

“那我还是从头说起吧。昨晚我上门的事，你总还记得吧？”

我说没敢忘。

“我当时以为小女在你屋子里，四处搜了一遍，但并不见人。”

我大度地摆摆手。

“孰能无过嘛。”

他点点头。

“正是。于是我就走了，伍斯特先生，你可知道我走之后遇到了什么事？我刚迈出花园，你们当地的警长就把我拦下了。他一脸狐疑的样子。”

我一挥雪茄，表示理解。

“非得管管沃尔斯不可，”我说，“那个害人精。但愿您没跟他客气。”

“没有的事，他不过是尽职办事。我报上姓名和住址，他一听说我是从游艇上过来的，就请我和他去警局走一趟。”

我大吃一惊。

“这么不要脸！你是说，他把你铐走了？”

“他不是拘捕我，而是请我去拘留所认人。”

“那也是不要脸。这种事干吗要劳烦您？而且您又能认什么人？我是说，您人生地不熟的。”

“这很好解释，因为这名囚犯正是小女玻琳。”

“什么？”

“不错，伍斯特先生。昨天深夜，沃尔斯在自家后花园中——紧邻着你家的后花园，你知道吧——发现有个身影从你家下层窗户里爬出来。他一路跑过去，及时将此人逮捕，这正是小女玻琳。她穿着泳衣，还披着你的外套。所以，你瞧，你当时说她大概去游泳了，一点没错。”

他小心翼翼地抖掉烟灰。我的则用不着特意抖。

“我上门不久前，她一定是和你在一块儿。好了，伍斯特先生，我刚才说，换我年轻那会儿，非扭断你的脖子不可，这会儿你大概可以理解了吧。”

我不知道说什么好。偶尔出现这种情况也很自然。

“如今呢，我比较通情达理，”他接着说，“宁可顺其自然。我这么想：伍斯特先生虽然不是我理想的乘龙快婿，但事情既然由不得我，那也无可奈何。话说回来，你也不是我从前以为的那个二百五，我很庆幸。当时我命令玻琳跟你解除婚约，是因为听信了一些传言，如今我知道那都是讹传。所以现在，一切还和三个月前一样，玻琳那封信，咱们就当作没写过。”

坐在床上是没办法脚下打跌的，不然我肯定打了，而且是痛痛快快地。我只觉得一只看不见的手一拳打在了我的太阳神经丛。

“您是说——”

他直看到我瞳仁里，那眼神可怕极了，冷冰冰的，但又热辣辣的，我这么说各位能明白吧。假若美国杂志广告里形容的“老板的青眼”就是这般模样，那我就搞不懂了：何以野心勃勃的年轻运物员都盼星星盼月亮地盼这个呢？我浑身一震，忘了想说什么。

“你的意思是想娶小女吧？”

这个嘛，当然啦……我是说，要命了……我是说，人家都说到这份上了，那你还能怎么答。我淡淡地接了一句“哦啊”作罢。

“你这句‘哦啊’的确切含义，恕我没能完全领会。”他说。老天，不知大家有没有注意到一个怪现象。我是说，此君和吉夫斯相处不过约莫二十四个钟头，可你瞧瞧他——当然，吉夫斯不会说“完全”，而会说“全然”，并且还会插入一两句“先生”——谈吐已然和吉夫斯如出一辙。很能说明问题吧。我记得有一回留小凯特猫·波特-珀布莱特在家里小住，结果第二天他就跟我念叨什么“某人的潜在能力不可小觑”。要知道，凯特猫这哥们儿，要是你跟他说有些词包含一个以上的音节，他总觉得你是逗他玩儿。所以说呀，这很能说明问题……

哦，对了，刚才讲到哪儿了？

“你这句‘哦啊’的确切含义，恕我没能完全领会，”只听斯托克说道，“我想你的意思是‘想’吧。我懒得强作欢颜，总之不能事事尽如人意。你对订婚有什么看法，伍斯特先生？”

“订婚？”

“时期长短的问题。”

“这……”

“我看短点儿好。我觉得婚礼宜早不宜迟。我得先打听一下，这边得等多久。听说和我们那边不一样，不能随便找个牧师了事，还有一些手续要走。这些就由我来打点，在此期间，你呢，当然就是我的座上宾。只怕我不能给你在船上自由活动的权利，因为你这个年轻人滑不溜丢，或许会突然想起跟谁约好了去哪儿——有某个倒霉约会，非离开不可。不过我也会竭尽所能，保证你接下来的几天在这间船舱里过得舒舒服服。架子上有书——你应该识字的吧？——书桌上有烟，我一会儿派我的贴身男仆准备些睡衣之类的，给你送过来。伍斯特先生，我这就得跟你说声晚安了，我得去看看音乐会，就算想和你把酒言欢，毕竟是犬子的生日，我不到场总不好，是吧？”

说罢，他迈出门扬长而去，屋里又剩下我一个人。

说起来呢，坐在小屋里，听着钥匙在锁孔里转动的声音，这种经历我一生中曾有两次。第一次就是扎飞说过的，当时我被迫服法，自称西达利奇的布林索氏是也。第二次呢——说也凑巧，这两回还都发生在赛艇之夜——是我和老朋友奥利弗·西珀利联手，打算偷一顶警盔做纪念，结果赫然发现警盔下面还连带着一名警官。这两次我最后都锒铛入狱，大家或许会想，既然我吃惯了牢饭，这会儿也该处变不惊了吧。

但这次的情形却和从前不可相提并论。上两次我不过被处以适度罚款，以示小惩大诫。这一回，可是有无期徒刑之虞。

在随便哪个旁观者眼里，看到玻琳既生得花容月貌，貌若天仙，又将继承高达五千多万绿钞的财产，大概会奇怪这般苦大仇深状——这是我的真实写照，因为想到要娶她，我的精神就备受煎熬——根本是没事找事。无疑，这位旁观者只会感叹没我这种坏运气。但事实如此：我一副苦大仇深状，颇有生无可恋之态。

其实除了我不想娶玻琳·斯托克，还有一个异常棘手的麻烦——我一清二楚，她压根不想嫁给我。虽然分手时玻琳慷慨豪迈、挥洒自如地骂了扎飞一顿，但我相信，她内心深处的爱火还余烬未熄，只需要拿个起子撬两下，就会呈燎原之势。至于扎飞呢，别看他连滚带爬地摔下楼梯，寂然消逝在夜色中，他也依旧爱着对方。所以权衡利弊之后，结论如下：娶玻琳无疑是自讨苦吃，我不仅伤了她的心，还伤了我那老同学的心。要是这还不够叫人苦大仇深，那我倒要看看什么才够。

幽暗中，尚有一丝微光：老斯托克刚才说派贴身男仆来送些过夜必备之物。或许吉夫斯有门路。

至于吉夫斯能有什么办法把我拉出这个火坑，我心下茫然。估计赢面只有百分之一。想到此处，我抽完雪茄，扑倒在床上。

门开的时候我还在掀被单，只听耳边传来一声毕恭毕敬的轻咳，我知道他来了。他先把捧了满怀的各式行头放在椅子上，然后望着我，目光中大概就是所谓的节哀顺变吧。

“斯托克先生吩咐我送些睡服来，先生。”

我低低一声呻吟。

“我需要的不是睡服，是胁下生双翼呀。最新进展你可有耳闻？”

“是，先生。”

“谁告诉你的？”

“是斯托克小姐，先生。”

“你跟她谈过了？”

“是，先生。她大略讲述了斯托克先生的一系列计划。”

从这件恐怖事件开始到现在，我胸中头一回兜起了一线希望。

“老天，吉夫斯，我突然想到一件事。情况并没有我想得那么糟糕呢。”

“先生是说？”

“你看不出？别管老斯托克说得多么——呃——”

“胸有成竹，先生？”

“天花乱坠。”

“别管老斯托克说得多么胸有成竹，天花乱坠，想让我们凑成一对，压根行不通，吉夫斯。斯托克小姐准要耷拉着耳朵，拒不配合。所谓牵马到圣坛容易，吉夫斯，但强马饮水可就难咯[1]。”

“之前和小姐谈话期间，她并没有表现出逆反的意思。”

“什么？！”

“不错，先生。小姐似乎——恕我冒昧——心灰意冷，又愤懑不平。”

“这不是自相矛盾吗？”

“不，先生。斯托克小姐一半是因为萎靡不振，仿佛认为如今一切都无关紧要，不过据我猜测，她同时又认为，和先生结成伉俪，就等于——恕我直言——向爵爷宣泄愤懑不平之意。”

“愤懑不平之意？”

“是，先生。”

“你是说，对他进行打击报复？”

“先生所言恰到好处。”

“这是什么破烂点子啊。这丫头准是脑子坏了。”

“女性心理诚然让人捉摸不透。诗人蒲伯……”

“别管什么诗人蒲伯了，吉夫斯。”

“是，先生。”

1 两句俗语，一是“牵马到河易，强马饮水难”，二是“领某人到圣坛”，即结婚。

“听不听诗人蒲伯的生平事迹，是要看时机的。”

“先生所言极是。”

“重点是我这下似乎难办了。她要是真这么想，那我就没救了。我可死定了。”

“是，先生。除非——”

“除非？”

“我在想，先生，为大局着想，假如想免去一切不快和尴尬，或许最好的办法就是委屈先生离开游艇。”

“什么？”

“游艇，先生。”

“我知道你说的是‘游艇’，所以我才说‘什么’，吉夫斯，”我的声音有一丝颤抖，“都火烧眉毛了，你却头发里插着稻草，跑过来胡言乱语，这可不像你呀。我哪有什么办法离开这艘倒霉游艇？”

“只要先生不反对，事情相当容易。当然，只是会给先生带来一些不便……”

“吉夫斯，”我说，“除了让我爬舷窗，当然这是人力不能及的，无论什么小小的一时的不方便，我都心甘情愿地忍了。我只想赶快逃下这艘漂浮无定的可恶地牢，双脚踏上坚实的土地。”我顿了一顿，担心地望着他。“这不是空口说白话吧？你的确有法子？”

“是，先生。我之所以犹豫不决，不知道应不应当讲，是因为怕先生未必同意在脸上涂满鞋油。”

“什么？”

“时间紧迫，先生，我不建议用炭灰。”

我翻个身，盯着墙面。完了完了。

“下去吧，吉夫斯，”我说，“你醉了。”

我心如刀割。只怕并不是苦于前途堪忧，或许更重要的是，我发觉最初的疑虑得到了证实：经过这些年头，他那神奇的大脑终于卡壳了。虽然我委婉地表示什么炭灰呀鞋油呀之类的都是醉话，但在我内心深处很确定，这家伙脑瓜失灵了。

他轻咳一声。

“请容我解释，先生。艺人表演刚刚结束，他们很快就要下船去了。”

我腾地坐起身。希望之光再次普照，想到刚才居然误会了他，懊悔之情就如同斗牛犬狗崽啃噬塑胶骨头一般，啮咬着我的心。我立刻明白了这个脑力巨人的意思。

“你是说——”

“先生，我这儿有一小罐鞋油，正是为此备下的。只要涂在脸上、手上，就足以以假乱真，倘若斯托克先生遇见，只会把先生当作黑脸艺人班子的一员。”

“吉夫斯！”

“假若先生不反对，可以依我的建议：先等这些黑脸艺人坐汽艇离开，之后由我去找船长，表示其中一位艺人是我的旧识，因为聊天的缘故，错过了开船。我想他会爽快地答应让我划其中一只小船送先生上岸。”

我呆望着他。相识相交多年，他往日的种种妙计一一涌上心头，想起他几乎以鱼类为主食，导致大脑里磷脂满满，已达到人类大脑可容纳的极限——即便如此，我也着实想不到他竟然还有此高招。

“吉夫斯，”我说，“我从前就说过好多次了——你卓尔不群。”

“多谢先生夸奖。”

“别人聆听我们的问题，汝却不受约束[1]。”

“但求先生满意罢了。”

“你觉得能成？”

“是，先生。”

“这个计划有你打包票？”

“是，先生。”

“你说东西带在身上？”

“是，先生。”

我一屁股坐在椅子里，仰面朝天花板。

“那就动手抹吧，吉夫斯，”我说，“一直抹下去，直到丰富的经验告诉你抹够了为止。”

1　出自英国诗人马修·阿诺德（Matthew Arnold，1822—1888）的诗作《莎士比亚》（*Shakespeare*，1849）。

13

贴身男仆的分外事

坦白说吧，我一向讨厌那种小说主人公讲起故事来丢三落四，让你自己琢磨中间到底发生了什么事儿。就是那种“第十章”末尾男主人公中了机关给困在地牢里，等“第十一章”一开头，人家已经置身于西班牙大使馆，还是聚会上众所瞩目的焦点。严格说来，我这会儿就该一五一十地交代本人重获平安和自由的全过程。

但是有吉夫斯这么个大谋略家安排打点，似乎并没有这个必要。说了也是浪费时间。只要吉夫斯立定心思把某君从甲地转移到乙地，例如从游艇的特等舱到此君在岸上的茅舍门前，他就有本事办到。根本不存在什么闪失、难题，也没有大惊小怪、千钧一发。总之是没什么可说的，反正就是随手拿来一罐鞋油，把脸涂涂黑，优哉游哉地走过甲板，稳步迈下舷梯，友好地挥挥手，作别那几位倚着船舷的水手哥，纵身一跃，跳上小船，约莫十分钟过后，已然在陆地上呼吸夜间清冽的空气了。身手就是这么漂亮。

把船系在栈桥上的时候，我把上述想法跟吉夫斯说了，他表示我太客气了。

“哪儿的话，吉夫斯，”我说，“我重申，身手漂亮得很，全是你的功劳。”

“多谢先生夸奖。”

“谢你才对，吉夫斯。现在怎么办？”

我们这会儿已经下了栈桥，站在通往我家花园的小路上。万籁俱静，星光闪烁，天地间只剩下我们两个，就连沃尔斯警长和多布森警员也不见踪影。不妨说整个扎福诺·里吉斯都在睡梦中。可是我一看手表，发现此时才过九点。我记得当时吓了一跳，因为精神压力过大还有命悬一线的缘故——打个比方，我还以为夜色已深，即使听说是凌晨一点也不会奇怪。

“现在怎么办，吉夫斯？”我问道。

我注意到他那精致如雕像的脸上浮现出一丝笑意，心中愤愤然。我对他心怀感激，那是自然，毕竟他帮我摆脱了比死还不如的命运，但是也不能由着他这样啊。我瞪了他一眼。

“想起什么好笑的事儿了，吉夫斯？”我冷冷地问。

“对不住，先生。我不是有心取笑，只不过看到先生的样子，有些忍俊不禁。看上去有些古怪，先生。”

“脸上涂满鞋油看上去有些古怪的大有人在，吉夫斯。”

“是，先生。”

“葛丽泰·嘉宝，我随便举个例子。”

“是，先生。”

“或者英奇教长[1]。”

1　指威廉·英奇（William Ralph Inge，1860—1954），圣保罗教堂教长（1911—1934），因为思想悲观，被称为“忧郁教长”（The Gloomy Dean）。

“先生所言极是。”

“那就少跟我发表这些个人见解，吉夫斯，回答我的问题。”

“只怕我忘了先生之前问了什么，先生。”

“我之前问的是——现在也是——现在怎么办？”

“先生是想问我，对下一步的行动有什么建议？”

“不错。”

“我建议先生返回茅舍，洗净脸上和手上的污渍。”

“这个建议不错，咱们英雄所见略同。”

“之后，恕我斗胆一言，先生不如赶下一趟列车返回伦敦。”

“这个建议也不错。”

“抵达伦敦之后，我提议先生动身前往欧洲胜地，巴黎、柏林，甚至远如意大利也可以考虑。”

“或者阳光明媚的西班牙？”

“是，先生。不妨就去西班牙。”

“甚至是埃及？”

“先生，这个季节的埃及，气候略嫌燠热。”

“假如斯托克再跟我攀上亲戚，那怎么也比不上英国燠热。”

“千真万确，先生。”

“瞧瞧人家，吉夫斯！真叫硬气！这才是嚼玻璃渣子、拿着钉子当领扣往后脖颈里戳的好汉！”

“斯托克先生的确精明果决，先生。”

“老天保佑，吉夫斯，我还记得一度把罗德里克·格洛索普爵士当作食人魔呢。还有我阿加莎姑妈。跟他一比，立刻相形见绌，吉夫斯，差了十万八千里呢。说到这儿，正好想到你的处境。你还打算返回游艇，继续和那个吓人精周旋吗？”

“不，先生。想来斯托克先生不会欢迎我。以他的精明，一旦发现先生不见了，自然不难想到是我促成的。我打算回爵爷身边做事，先生。”

“他见你回去会很高兴的。”

“承先生吉言。”

“哪儿的话，吉夫斯。谁不会呢。”

“多谢先生夸奖。”

“那你这就要去公馆了？”

“是，先生。”

“那衷心道一声晚安吧。到时候我会把栖身地点和后续发展写信通知你。”

“有劳先生费心。”

“有劳你费心才对，吉夫斯。信封里还会夹带一点小心意，聊表感激之情。”

“先生太慷慨了。”

“慷慨，吉夫斯？你还不明白，要不是你，我现在还给锁在那艘破游艇上呢。不过我的心意不说你也明白。”

“是，先生。”

“对了，今天晚上还有往伦敦去的火车吗？”

“有，先生。十点二十一分发车，先生，时间很充裕。不足的是这不是特快。”

我大手一挥。

“能跑就行，吉夫斯，只要轮子转得动，能往前开，我就满足了。那么，晚安。”

“晚安，先生。”

我精神昂扬地跨进茅舍，即便发觉布林克利还没回来销假，仍然心满意足，没受到丝毫影响。我只给了这厮小半天的假，结果他却一夜一日未归，身为雇主，我或许应该大不乐意；但作为注重个人隐私、且脸上涂满鞋油的个体，我对此完全没有意见。这种情况呢，假设吉夫斯在，肯定会说逆境中应独善其身。

我全速冲上卧室，抄起水罐，往脸盆里倒水（扎飞这个小窝没配备浴室），事成之后，整张脸浸到水里，毫不吝惜地打起肥皂。仔仔细细地拿清水冲过之后，我移步镜子前：这一照一下，痛苦失望之情霎时间涌上心头，因为我这脸仍然黑似从前。不妨说，我连个表面都没剐花。

此时此刻，我开动脑筋，没过多久就发现问题之所在。我忽然记起听谁说过——还是在哪儿读过来着——遇到这种危急情况，需要的是黄油。我正要下楼找黄油，耳边突然传来一阵响动。

话说以我的处境——称得上被围猎的牡鹿——听到屋内有响动，在采取下一步行动前，必须要深思熟虑一番。我看十有八九是J.沃什本·斯托克嗅着气味跟来了，因为他一旦发现特等舱空了，第一个反应就是冲到我这间茅舍。想到此处，我出卧室查探时，并没有如雄狮般纵身扑出，而是更有几分蜗牛在雷雨天小心谨慎地探出触角的风范。我站在走廊里，先是侧耳倾听了一阵。

话说这动静还真不小。声音是从客厅传来的，不管来者何人，听起来是在摔打东西。斯托克老爹那么精明务实，要是他跑来抓我，可绝不会浪费时间玩这种把戏。这么一想，我不禁精神一振，甚至踮着脚尖挪到楼梯扶手边上，探头偷瞄下面的情况。

适才说的“客厅”，其实不过是一间会客室模样的小开间，不过面积虽小，配置却一应俱全，包括饭桌一张、老爷钟一座、沙发一张、椅子两把，还有鸟类标本玻璃匣子一至三只。从我站立的角度，倚着楼梯扶手望去，整个布局尽收眼底。下面光线虽然暗淡，但借着壁炉架上点亮的油灯，倒也看了个一清二楚。只见沙发翻倒在地，两把椅子都撇到了窗户外，鸟类标本匣子摔了个粉碎；截止发稿，最远处的角落里，一个模糊的身影正在勇斗老爷钟。

至于说两者谁占据了上风，还真是说不准。要是赶上赌性大发，我八成会押老爷钟赢。但我现在毫无兴致。两位斗士身子猛然一扭，那个模糊的身影面孔突然转了过来，我一下子心绪起伏：此人竟然是布林克利。如同迷途知返的羊儿，这个可恶的布尔什维克晃晃悠悠回来了，不仅迟了二十四小时，而且明显醉得一塌糊涂。

太不把我这一家之主放在眼里了！我霎时间忘了此时不宜暴露身份，只想着这该死的五年计划专员砸了伍斯特的家。

“布林克利！”我大吼一声。

据我估计，他一瞬间还以为是老爷钟发话了，只见他铆足了劲儿，猛地扑将过去。突然间，他瞄到了我，放开了钟，对着我目瞪口呆。那老爷钟左摇右晃了一阵子，最终垂直立正，敲响了十三下，又重归于寂。

“布林克利！”我又吼了一声，正要加一句“该死的”，突然发现他眼光闪烁，就是那种“眼前一亮”的样子。他先是站在那儿干瞪眼，然后放声大叫。

“老天保佑！魔鬼！”

他操起壁炉架上的餐刀，似乎是之前放在那以备不时之需的，大步奔上楼梯。

哎，说来真是千钧一发。倘若有天我晋升为祖父辈——以目前的形势看，概率实在微乎其微——某天晚上孙子孙女们围在我膝下，缠着爷爷讲故事，我就会给他们讲讲这段经历：说时迟那时快，我一个箭步冲进卧室，勉强躲过了那把餐刀。假如小朋友们半夜抽搐，尖叫着惊醒，就算大概领略到了这位长者此刻的心情。伯特伦一把摔上门，锁好，抬了一把椅子抵住门，又把床挪过来抵住椅子，饶是如此，要说他总算放下心来，那可是不负责任的夸大其词。我此刻的精神状态要怎么形容才确切呢？这么说吧：假设此刻J.沃什本·斯托克恰巧上门，我准会像欢迎亲兄弟一样欢迎他。

布林克利脸贴着锁孔，求我开开门，让他瞧瞧我内脏的颜色。老天做证，整件事最让我不爽的，是他居然还是那副毕恭毕敬的口气。而且他还一口一句“先生”，我听在耳朵里，觉得真是荒谬。我是说，你明明是要人家出门去，好用餐刀把他开膛破肚，那还开口闭口地“先生”做什么？可笑。这两件事明显背道而驰嘛。

我略作思考，认为他明显是误会了，首先应该消除他这种错误思想。

我隔着木板门跟他喊话。

"没事的，布林克利。"

"您出来吧，先生，出来就没事了。"他客气道。

"我不是魔鬼。"

"哦，您明明就是，先生。"

"跟你说，我的确不是。"

"哦，您就是，先生。"

"我是伍斯特少爷。"

他纵声尖叫。

"他还抓了伍斯特少爷！"

如今那种老式的独白已经不时兴了，所以我断定，他这话是对第三者说的。果不其然，只听门外一阵呼哧呼哧的喘气声，接着一个饱受扁桃体折磨的声音发话了。

"怎么回事？"

是我那不眠不休的邻居，沃尔斯警长。

意识到执法人员赶到，我第一个反应是长舒了一口气。话说这位兢兢业业的警长有许多方面不是我喜闻乐见的，例如他老是跑到别人车库和盆栽棚里探头探脑——但不管你怎么看待他的种种恶习，不可否认的是，像眼下这种情况，他还是很能派上用场的。对付发神经病的男仆，可不是谁都能胜任的。这需要某种品格和气势，而这位特大号的和平守护者兼具两者。我正要从门这边儿弄点鼓励的声音督促他行动，这时却觉得有个小声音在耳边低语，告诫我不可轻举妄动。

瞧，这种兢兢业业的警长有个毛病，就是要扣住你问来问去。要是沃尔斯警长发现伯特伦·伍斯特脸上涂满黑鞋油，举止暧昧，他可不会耸耸肩、轻快地道声晚安了事。如之前所说，他会扣住你问来问去。再回想起昨天晚上的交锋，他不会放心离开，准要把我拖到警察局，再派人劳驾扎飞前来，商量如何是好。之后医生到场，敷以冰袋。最终的结果是我久久脱身不得，久到斯托克发现我房间无人，床上被褥整整齐齐，然后冲上岸，把我拦腰抱起扛回游艇。

因此，思来想去，我决定三缄其口。除了轻轻地用鼻孔呼吸以外，保持悄无声息。

门那边，两人一问一答起来。我可以发誓，要不是有可靠消息，我准以为这个不可思议的布林克利神志清醒，一如滴酒不沾的女童子军，灌了满肚子的黄汤，结果却是语言表述异常准确，并且发音字正腔圆、清澈悦耳，简直是银铃般。

“谋害伍斯特少爷的魔鬼在里面，警长。”只听他说。除了电台播音员，我还从没听过这么抑扬顿挫的声音呢。

这个消息大概称得上耸人听闻吧？可是沃尔斯警长似乎一时没反应。这位警长行事一向按部就班，要从头按顺序追究。他这会儿的全部注意力似乎都集中在那把餐刀上。

“你举着这把刀做什么？”他问道。

布林克利回答得那叫彬彬有礼、不卑不亢。

“我拿来对付魔鬼的，警长。”

“什么魔鬼？”沃尔斯警长进入到下一个重点。

“一个黑魔鬼，警长。”

“黑魔鬼？”

“是，警长。他就在屋子里，谋害伍斯特少爷。”

扫清障碍之后，沃尔斯警长终于来了兴致。

“在屋子里？”

“是，警长。”

“谋害伍斯特少爷？”

“是，警长。”

“这可不行。”沃尔斯警长厉声说。只听他啧啧两声。

接着是一阵威严的敲门声。

“喂！”

我继续谨慎地缄口不言。

“失陪一下，警长。”这是布林克利的声音。接着楼梯上响起脚步声，他似乎是离开这场小小的座谈会了，八成是又回去对付老爷钟了。

指节再次叩响了木板门。

“里面的，喂！”

我一语不发。

“伍斯特先生，您在吗？”

我开始觉得这对话有点一言堂的味道，但又想不出什么办法。我走到床前，向窗外望去，这主要是想找点事打发时间，倒没什么别的意思，电光石火间——相信我，真的是电光石火——想到或许有办法逃开这惨淡的一幕。这个高度离地面不算高，我如同卸下心头一块大石，开始绑床单作脱身用。

突然间，沃尔斯警长又发话了。

“喂！”

楼下传来布林克利的声音。

“警长？”

“你小心点那盏灯。”

“是，警长。”

“会被你弄坏的。”

“是，警长。”

“喂！”

“警长？”

“房子要烧着了。”

“是，警长。”

接着只听远远的哗啦一声，是玻璃摔碎了，警长闻声大步奔下楼梯，再接着似乎是布林克利认为自己完成了分内事，立刻夺门而出，还重重地摔上了门。紧接着又是摔门声，似乎警长也冲出去了。再之后，只见锁孔里飘来了一缕淡烟。

我看世上就没什么比这种古老的乡下别墅更容易点着。只要撇一根火柴——抑或在客厅里打翻一盏油灯——就呼啦啦着起来了。不到半分钟，耳边就响起清脆的哔剥声，接着角落的地板就突然蹿起了热情的火苗。

伯特伦忍无可忍。不久之前，我还优哉游哉地绑床单，打算一个华丽的退场，基本上是漫不经心，从容不迫。这下子我立刻加快速度，心里明白，任何闲适从容都不必考虑了。接下来的三十秒，热锅上的蚂蚁简直可以跟我学两招。

记得曾经在报纸上读过那种“趣味专栏”，题目之一就是：“假如房子着火了，你第一个救什么？”要是记得不错，选项之一是小婴儿。另外还有一幅价值连城的画作，以及——好像是卧病在床的姑妈。反正选择包罗万象，目的就是要大家皱起眉头，从各个角落全面考虑。

但眼下不必犹豫，我立刻放眼寻找我的班卓里里，然后猛然想起，之前我把琴留在客厅里了。这下我大惊失色，大家可想而知。

唉，就算是为了我那件不离不弃的乐器，我也绝不会冒险奔下客厅。此时此刻，我是否会成为烤酥肉的问题都悬而未决，因为角落里那团明媚的火焰蔓延得可是不小。我遗憾地叹了口气，匆匆奔到窗户前，下一刻，我已然像甘露一样降下尘世。

是甘露还是甘霖来着？我总是记不得。

吉夫斯准知道。

我一个漂亮的着陆，悄无声息地穿过树篱，也就是我家后花园和沃尔斯警长家那小块自留地的分界处，一口气跑到一处林子里，估计此地离如火如荼的事故中心有半英里远吧。天空映得一片通红，远远就能听到当地消防队奔赴救援的动静。

我找了块树桩坐下，准备评估一番此刻的处境。

我记得有位仁兄，每当情况堪忧，就会列个单子例数“赢面”和“赔面”，好看清楚状况，衡量总体是好是坏。是鲁滨逊还是谁来着？反正是有这么个人，而我一直觉得这个想法很可取。

所以我就如法炮制。当然是在脑子里数的，我还要眼观六路，以防有追兵赶来。

思路如下：

赢面	赔面
嘿，我总算逃出来了，啊?	没错，可你那间破房子付之一炬了。
不是我的，是扎飞的。	我知道，可里面的东西是你的。
也没什么值钱的。	那班卓里里呢?
哟，老天！那倒是。	我就知道，你该清醒清醒了。
你也不用哪壶不开提哪壶吧。	我哪有。不过是说你的班卓里里给烧成灰了。
哼，烧成灰的要是我，那我不是更没脸见人吗。	你这是强词夺理。
那，反正，我至少逃出了斯托克的魔爪。	你怎么知道?
他没追过来嘛。	是，不过他还是有机会。
我还赶得上十点二十一分的火车。	你这个可怜虫，你顶着一张黑脸，怎么赶火车呀。
黄油就能弄掉。	是，可你没有黄油。
去买呗。	拿什么买? 你身上带钱了?
哦，没有。	哈!
我可以找人帮我弄点黄油，是不是?	找谁?
那，当然是吉夫斯了。我只要跑去公馆，跟他交代一下情况，叫他想辙，之后就万事大吉，什么也不用愁了。吉夫斯准知道哪儿有成吨的黄油。瞧！只要仔细分析，别失了理智，问题总能迎刃而解。	

老天，这个论点好像还没有一个“赔面”能驳斥。我又彻彻底底地回顾了一遍，思来想去，考虑了五分钟，发现“赔面”果真被将死了。被我打败了，输得哑口无言。

当然了，我略一沉吟，从一开始我就该想到的。这么一琢磨，这还不是明摆着的吗？这会儿吉夫斯肯定回到公馆了，我只要赶过去，联系上他，他就会端着华贵的托盘，呈上好几磅黄油呢。不仅如此，他还能解我另一个燃眉之急，垫上回伦敦必要的车费，甚至还有结余，可以在车站的自动售货机上来一包牛奶巧克力呢。一切简直易如反掌。

我从树桩上站起身，信心满满地往公馆进发。这么说吧：在生命的赛跑中，我一时迷失了方向，但很快就摸回了主路，估计才用了一刻钟，我就站到了公馆后门前，敲响了门。

开门的是一位身材娇小的丫头——我猜测是位帮厨女佣吧——她一看到我，先是瞪圆了杏眼，一副惊吓过度的样子，接着发出一声刺耳的尖叫，并应声倒地，开始满地打滚，还用鞋跟在地面上跺来跺去的。至于她有没有口吐白沫，我还真说不准。

14

黄油告急

实话实说吧，我吓得着实不轻。过去我从来没想过肤色对生活的影响这个问题。我是说，倘若站在扎夫诺公馆后门口的是一身古铜色肌肤的伯特伦·伍斯特，人家准会恭恭敬敬客客气气地欢迎。真的，按说帮厨女佣这种身份的丫头估计还要屈膝行礼的。又假如我脸色惨白得引人注目，抑或点缀着几粒小疱，想必待遇也不会差到哪儿去。但是，我脸上才不过抹了那么一点点鞋油，这位女子就倒在门垫上扭得不亦乐乎，沿着走廊上上下下地抽搐。

哎，为今之计，只有走为上策。这会儿走廊那头已经有人问东问西了，估计再过个半秒钟，就有一群下人嘁嘁喳喳地赶到现场。想到此处，我拔腿便撤。想到后门附近很可能被搜查个遍，我于是取道前门，发现离大门不远处有一丛灌木，可以作藏身之用。

我稍事休息。在采取下一步行动之前，最好是先分析一下情势，不能轻举妄动。

倘若在别的情况下——譬如说靠在躺椅里吐着烟圈什么的，而不是蹲在可恶的丛林里，忍受甲虫什么的往脖颈里钻——周围的景物大概会令我心旷神怡、精神焕发。在晚餐结束后、饮安眠酒的空当，我尤其对这种英国老派花园的宁静氛围情有独钟。从我栖身的角度放眼望去，只见这座宏大的城堡在天空中勾勒出清晰的轮廓，愈发令人叹为观止。鸟雀在树丛中低语，空气中荡漾着一股清香，估计是附近有一处种香草和烟草的花圃。再加上夏夜那种万籁俱静的气氛，你瞧瞧。

可惜，约莫十分钟过后，这夏夜的万籁俱静出现了一点小瑕疵。只听屋子里传来一声刺耳的尖叫，这声音我认得：是小西伯里。想到他居然也有烦恼，我不觉内心感到十分畅快。他叫了一阵子就消停了，估计矛盾起于有人想让他上床睡觉，但他死也不肯——之后一切又归于平静。

刚安静下来，路上就响起了脚步声。有人朝前门走过来了。

我最初以为此人是沃尔斯警长。是这样的：扎飞呢是这儿的治安法官，我估计出了茅舍那桩事之后，沃尔斯首先要找老大汇报情况。于是乎，我又往灌木深处缩紧了身子。

很快我就发现来人并不是沃尔斯警长。就着暮色中的剪影，我发现此人个子明显更高，圆润程度也差得多。只见他迈上台阶，开始咚咚敲门。

这个“敲”字真不是胡乱用的。我本来觉得沃尔斯前一天晚上在茅舍展现了出色的腕力，但此君却有过之而无不及，而且根本不是同一水准。我估计自从这只门环由扎福诺一世（不管是谁吧）拧上之后，是第一次运动得这么厉害。

在猛砸门环的间隙，他还在哼唱赞美诗，声音若有所思。如果没记错，他唱的应该是《慈光歌》[1]，得益于此，我终于知道了此人的身份。这把尖细如鸣笛的男高音我并不陌生，记得初到此地，每次在客厅里拿班卓里里练狐步舞的时候，布林克利就爱趁机在厨房里唱赞美诗。这也成了我初期整顿的对象之一。像这种嗓音，扎福诺·里吉斯绝对找不出第二个人。这个披星戴月而来的访客正是我那个酩酊大醉的贴身随从。至于他为何赶来公馆，我就想不通了。

屋里亮起灯光，接着前门呼啦一下开了。开门人发话了，听声音气鼓鼓的，是扎飞。一般来说，扎福诺·里吉斯的乡绅老爷该把看门的任务指派给下人，我估计他是觉得这种惊天动地的拍门声属于特例吧。总而言之，他亲自来开门了，而且一脸不爽。

"你敲门敲成这样，烦死了，究竟想干吗？"

"晚上好，爵爷。"

"什么意思，晚上好？什么……"

他应该是准备了一番长篇大论，因为他明显在气头上，但却被布林克利打断了。

"请问魔鬼在吗？"

这个问题很简单，完全可以用"是"或"否"来回答，但扎飞却似乎吃了一惊。

"什么——谁？"

"魔鬼，爵爷。"

1 *Lead, kindly Light*，著名赞美诗，词作者为约翰·亨利·纽曼（John Henry Newman，1801—1890），英国国教高教派"牛津运动"领袖，后改信天主教，成为红衣主教。"牛津运动"由知识分子发起，在工薪阶级影响广泛。首段歌词为"恳求慈光，导引脱离黑荫，导我前行。黑夜漫漫，我又远离家庭，导我前行"。

坦白说，我从来没把扎飞当成什么智慧的化身，他呢，一向是膂力高于脑力，不过平心而论，单就此刻看来，他展现出敏锐的洞察力，十分值得钦佩。

“你喝多了。”

“是，爵爷。”

扎飞像纸袋子一样嘭地炸了。他的心路历程——这么说大家能明白吧——我其实一清二楚。继茅舍那悲惨的一幕之后，他心爱的姑娘跟他一刀两段，从此淡出了他的生活，可以想象，他自此以后一直愁苦万分、怒火中烧、沸反盈天，总之就是灵魂饱受煎熬，一腔压抑的情绪喷薄欲出，这下可叫他逮着机会了。从那场可悲可叹的事件之后，他一直就想找个出气筒疏解这口恶气，上天宠幸，偏偏一个死砸门的醉鬼就自动送上门来了。

说时迟那时快，扎福诺男爵五世奔下台阶，一路追着布林克利，隔一步踢一脚。两人以四十英里每小时的速度掠过我这一小丛灌木，消失在远处。没过多久，我听见一阵脚步声，还伴随着口哨声，仿佛卸下了心头重担的样子。这是扎飞回来了。

他停下来点了支烟，刚巧在我这小窝斜对面的地方，我看时机成熟，可以出来跟他相认了。

各位注意了，我其实很不情愿跟扎飞打招呼，因为上次分别的时候，他的态度可远远称不上友好，假若我不是眼前一片暗淡，绝对不会主动惹他。但他是我最后的希望了。既然我每次一接近后门，就有一个排的帮厨女佣大发歇斯底里症，估计今天晚上和吉夫斯接头是没什么指望了。至于转到附近人家，敲开陌生人的门讨点黄油，也同样没什么指望。我是说，要是一个素未谋面的家伙突然敲开你家大门，顶着一张黑脸问你借黄油，你会做何感想？其实不言自明。就是不为所动呗。

综上，要拯救我于水火，扎飞是唯一合理的选择。黄油他召之即来，况且他的怒气既然已经冲布林克利发泄过了，或许他精神尚可，愿意为老同学雪中送四分之一磅黄油呢。想到此处，我轻轻地爬出矮林子，一直走到他屁股后。

“扎飞！”我开口道。

现在回头细想，我明白当时应该提前提醒他是我，谁也不喜欢有人从后脖颈突然一嗓子。冷静一点的话，我应该想到的。严格来说，他和适才帮厨女佣的反应不尽相同，不过有那么一瞬间，还真有那么点意思。这个可怜人吓了“一跳”，手里的烟飞了出去，牙齿咯噔一声，明显浑身一颤。总而言之，就如同我拿着螺丝锥或者匕首戳中了他的臀部。我曾亲眼目睹产卵季节的三文鱼有类似的表现。

我赶忙拿话安慰他，力求息事宁人。

“是我，扎飞。”

“谁？”

“伯弟。”

“伯弟？”

“没错。”

“哦！”

这声“哦”听着不妙，因为其中缺少那种有失远迎的意味。关于受不受待见这种事，我还是很懂得察言观色的。此刻很明显，我属于不受待见之列。我略一沉吟，觉得在进入正题之前，还是恭维他几句为妙。

“扎飞呀，刚才那浑蛋被你教训得好，”我说，“干得漂亮。看到他得到应有的惩罚，我心里尤其舒坦，我一直就想踹他来着，可惜没那份胆量。”

“他是谁？”

“我的贴身男仆布林克利。”

“他跑到这儿来干什么？”

“估计是找我吧。”

“他怎么不待在茅舍？”

我老早就在寻找适当的时机，跟他公布这条爆炸新闻。

“扎飞呀，只怕你少了一间茅舍，”我说，“很遗憾地通知你，茅舍让布林克利给烧了。”

“什么？”

“你有投保吧？”

“他烧了茅舍，怎么回事？为什么？”

“就是忽然兴起，可能他当时觉得这是个好点子。”

扎飞表情凝重。看得出他在想事情，我本来很愿意让他想个够，但我还有十点二十一分的列车要赶，不得不打断他。时间紧迫。

“那，”我说，“我不想麻烦你，老兄……”

“他干吗要烧茅舍？”

“布林克利这种人的心理咱们永远捉摸不透。他们作为何等奥秘，行事伟大神奇。反正他烧了。”

“你确定不是你烧的？”

“我亲爱的老兄！”

“听上去很像你常做的那种没头没脑的傻事。”听扎飞的语气，我察觉出明显是勾起了他的旧恨。“况且你来这儿干吗？谁请你来了吗？出了那事儿之后，你还以为可以进出自如……”

“我懂我懂，我都明白。不幸出了误会，心生冷淡，对伯特伦不以为然。不过……”

“还有，你刚才打哪儿冒出来的？我都没看见你。”

“我在灌木丛里蹲着。”

“在灌木丛里蹲着？”

一听这语气，我立刻明白了，他这个人呀，动不动就误会老朋友，这次又得出了错误的结论。我听到划火柴的刺溜一声，接着就见他借着光亮打量我。火光熄灭了，我听到黑暗中他深深地叹息。

我很能猜到他脑子是怎么运作的。很明显，他内心在挣扎。一方面，经历了昨天晚上那场叫人心痛的分手戏，他很不情愿再搭理我；但另一方面，想到我们两人多年来的友谊，似乎又有帮忙的义务。他在想，即便和老同学生了嫌隙，但总不能由着他在这种状态下（是他的臆断）在乡下瞎晃悠吧。

“进来吧，明天睡醒了再说，”他有些无奈地说，“你走得动吧？”

“没事，”我赶紧跟他解释，“不是你想的那样。听着。”

接着我一口气念了“英国宪法”“四是四十是十”，还有“石室诗士施史，嗜狮，誓食十狮”。

表演效果立竿见影。

“这么说，你没喝醉？”

“丁点儿没有。”

“可你却在灌木丛里蹲着。”

“是，不过……”

"而且你脸上黑乎乎的。"

"我知道。先别挂，老兄，听我从头道来。"

我敢打赌，诸位肯定有类似的经验：你正讲一个挺长的故事，讲了一半发现，观众完全无动于衷。那种感觉可糟糕得很。我这会儿就是。倒不是他一直一语不发，而是他一边听我讲，一边释放出一股子有毒的动物磁力[1]。随着剧情深入，我越发确信，他这是无声地喝倒彩呢。

饶是如此，我仍然坚忍不拔地陈述了全部重要情节，收尾处更是为硬脂酸一事动之以情。

"黄油，扎飞老兄，"我说，"整块整块的黄油。要是你有黄油，准备贡献出来吧。我就在这儿等着，你快去厨房，把东西弄点出来？你明白时间紧迫，是吧？我这会儿也是勉强能赶上火车。"

他有那么一阵子没答话。等他终于开口时，语气尖利刺耳，我不禁心下一沉。

"我得先问清楚，"只听他说，"你想叫我弄点黄油来？"

"就是这个意思。"

"你好把脸洗干净，赶火车回伦敦。"

"没错。"

"以此逃开斯托克先生。"

"对头。你全听懂了，真了不起，"我故意装出歌功颂德的语气，因为我还需要拍拍马屁，夸他一顿。"我认识的人里头，

1 动物磁力，又称催眠术，由奥地利医生弗朗茨·梅斯默（Franz Anton Mesmer，1734—1815）提出，认为动物体内存在无形的自然力量，有治疗病痛等功效。催眠术（mesmerize）一词及以他命名。

估计顶多有六个能像你一样一丝不差、准确无误地理解全过程。我一向认为你智慧超群，扎飞老兄，超群哪。”

可我这颗心还在往下沉。等我听见黑暗中他气急败坏地从鼻孔里嗤的一声，终于触底了。

“我明白了，”只听他说，“换句话说，你希望我帮你摆脱你这份神圣的义务，啊？”

“啊？”

“我说‘啊’？老天爷。”只听扎飞感叹道。我敢说他从头到脚都在颤抖，虽然天色太暗，我看不真切。“刚才你跟我讲这个缺德故事时，我一直没有打断你，因为我想先搞清楚。现在，好了，兴许可以让我说一句话了。”

他又从鼻孔里嗤了几声。

“你想赶火车回伦敦，是吧？我懂了，哼，伍斯特，我不知道你是怎么想的，但我不妨告诉你，你的所作所为看在毫无偏私的外人眼里是什么样。不怕告诉你，在我心里，你简直狼心狗肺、胆小如鼠、贱如蝼蚁、猪狗不如。老天！有那么标致的姑娘爱着你，人家父亲还大方地答应你们尽早成婚，结果你非但不满足、不快活、不开心得像——呃——像正常人那样，反而打算逃之夭夭。”

“可扎飞……”

“再说一遍，逃之夭夭。你没心没肺、无情无义地计划脚底抹油，让那可爱的女郎心碎——惨遭遗弃、背叛，被甩在一旁，就像……就像……我一会儿自己姓什么都给你气忘了……像脏手套。”

“可扎飞……”

"你不用狡辩。"

"该死，她明明就不爱我。"

"哈！她要不是对你一片痴心，又何苦从游艇游上岸，好去见你？"

"她爱的是你。"

"哈！"

"真的，我跟你说。她昨天晚上游上岸是为了见你呀。她答应嫁给我，根本就是为了要气气你，谁让你怀疑她来着。"

"哈！"

"老兄，理智地想想，快帮我去拿黄油。"

"哈！"

"你别总是'哈'来'哈'去的，不仅解决不了问题，而且也不中听。扎飞，我非弄到黄油不可。事情紧迫，就算只有一小块，也给我拿来。老兄，咱可是伍斯特，你的老同学，你打小儿的朋友啊。"

我住了口。有那么一瞬，我觉得总算打动了他，因为我感到他的手搭在我肩膀上，明显做了个揉捏的动作。这一刻，我愿意打赌，他心软了。

心软是不假，可惜大方向错了。

"伯弟呀，不妨把我的心里话告诉你吧，"他的声音里有种讨厌的心平气和，"我不会假装说自己不爱她。不管发生过什么事，我仍然爱她。我会永远爱她。我对她一见钟情，我记得那是在'萨沃伊'小餐厅，她当时坐在大厅的椅子上，手里的半干马提尼喝了一半。我跟罗德里克爵士两个人迟到了一会儿，所以她父亲觉得与其干等着，不如先上鸡尾酒。我们两人四目相投，那一瞬间我就知道，我终于找到了世界上我唯一的爱。我哪里知道，她对你一往情深。”

“她没有！”

“现在我知道了，我当然明白，我永远得不到她的心。但是伯弟，我至少可以做到一件事。我对她的爱是无私的，所以我要保证她的幸福不会被破坏。只要她幸福，别的都不重要。反正她一心一意要嫁你为妻，原因呢，我不得而知，咱们也不必深究了。总之，出于某种不可理喻的原因，她要的是你，她会得偿所愿的。真好笑，你别人不找偏来找我，让我帮你打破她少女的绮梦，让她失去那纯真美好的信念，从此不再相信人性的善良！你以为我会跟你狼狈为奸吗？你做梦！老兄，你休想从我这里拿到黄油。你就乖乖待着吧，好好反省一下，我相信你总会良心发现，选择正确的道路，然后回游艇去，准备好履行自己的义务，做个堂堂正正的英国绅士。”

“可扎飞……”

“而且，如果你希望我做伴郎，我愿意。当然，我心如刀割，但只要你发话，我一定做到。”

我一把抓住他的胳膊。

“扎飞，黄油啊！”

他摇摇头。

“没有黄油，伍斯特，还是没有的好。”

他一把甩开我的手，像甩掉脏手套，大步从我身边走开，消失在夜色中。

我也不知道自己在那儿呆立了多久，像生了根似的。可能没一会儿，也可能过了很久。我此时失魂落魄，这种情况下是不会一直看表的。

那么，不妨说过了一阵子——五分钟、十分钟、十五分钟、也有可能是二十分钟——我听见近旁有人轻咳，如同一只恭恭敬敬的绵羊试图吸引牧羊人的注意。我怀着满腔难以言表的感激和讶异，认出了吉夫斯。

15

黄油告急·续

我简直以为奇迹出现了，不过原因其实很简单。

“先生果然尚未离开，”只听他说，“我一直在到处找您。一听说帮厨女佣害了歇斯底里症，诱因是在后门口见到一张黑脸，我立刻猜到是先生，并且是来找我的。先生，可是出了什么差池？”

我一抹额头。

“吉夫斯，”我说，“我感觉像走丢了孩子终于找到了妈妈。”

“果然，先生？”

“你不介意我叫你妈妈吧？”

“怎么会，先生。”

“谢了，吉夫斯。”

“这么说，先生的确出了差池？”

“差池！可不是。所谓命途多什么来着？”

“舛，先生。”

“我的舛最多啦，吉夫斯。首先，我发现这玩意儿肥皂洗不掉。”

“不错，先生。我当时应该提醒先生，黄油是sine qua non[1]。”

“嗯，我正要去拿黄油，结果布林克利——就是我的贴身男仆——突然冲进来，把房子给一把火烧了。”

“真不幸，先生。”

“说‘不幸’还真不夸张，吉夫斯。这可把我害惨了，于是我就跑这儿来，想找你求救，结果又被那个帮厨女佣给搅黄了。”

“那个丫头的确爱大惊小怪，先生。事有凑巧，先生上门的时候，她正和厨子专心致志地玩‘通灵板’，听说结果饶有趣味。她显然是将先生当作鬼魂显灵了。”

我不禁哆嗦了一下。

“倘若厨子坚守烤肉、炖肉的本职，”我义正词严地说，“不要浪费时间搞什么心灵研究，生活准会大为改观。”

“先生所言甚是。”

“那，后来我就遇见了扎飞，那小子死活不肯借黄油给我。”

“果然，先生？”

“他心情坏着呢。”

“爵爷此时的确愁肠百结，先生。”

“看得出来。他后来显然是跑去散步来着。大晚上的！”

“普遍认为，体力活动可以有效地缓解焦灼的情绪。”

“好啦，我也不该怪扎飞。毕竟他狠狠踢了布林克利一顿，

1 拉丁语，意为必要条件、要素

我得永远铭记于心。我看得痛快极了。既然你来了，那总算是苦尽甘来。大团圆结局，是吧？”

“正是，先生，黄油的事，我很乐意为先生代劳。”

“十点二十一分的车还赶得上吗？”

“只怕未必，先生。不过经确认，十一点五十分还有一趟车。”

“那我就不用愁了。”

“是，先生。”

我深深吸了口气，像卸下了一个大包袱。

“能不能帮我弄点三明治，包起来在路上吃，没问题吧？”

“不在话下，先生。”

“再备点喝的？”

“先生放心。”

“要是这会儿你能变出香烟这玩意儿，那人生就差不多完美了。”

“土耳其还是弗吉尼亚[1]，先生？”

“都要。”

要说平复身心，没什么能比得上安安静静的抽上一支烟。我奔放地吐着烟圈，渐渐地，我那伸出体外一英尺长、末端蜷曲的神经终于回归了原位。我恢复了元气，精神为之一振，又有心情管闲事了。

“吉夫斯，刚才屋里鬼叫什么呢？”

“先生？”

1　两种烟草。

“就在我见到扎飞前，听见屋里哪儿传来野兽的咆哮。听上去是西伯里。”

“的确是西伯里小少爷，先生。他今天晚上有些耍小性儿。”

“什么惹着他了？”

“他错过了游艇上的黑脸艺人表演，因此备感沮丧，先生。”

“那个小笨蛋，根本是自作自受。既然想参加德怀特的生日聚会，那就不该跟人家动手嘛。”

“是这个理，先生。”

“在生日聚会前一天晚上，向主人索要一先令六便士的保护费，纯属傻瓜行为。”

“先生所言甚是。”

“后来怎么着了？他后来不叫了，是不是用了氯仿？”

“不，先生。据我所知，大家想办法为小先生安排了另一出表演。”

“什么意思？他们请来了黑脸艺人？”

“不，先生。囿于费用，这一主张并不符合切实可行的原则。听说是夫人说服罗德里克·格洛索普爵士勉为其难。”

我没听懂。

“老格洛索普？”

“是，先生。”

“他会做什么？”

“情况是这样的，先生。罗德里克爵士生就一副悦耳的男低音，年轻的时候，也就是在医学院的时候，他常常在吸烟音乐会[1]等娱乐活动中献声。”

“老格洛索普！”

“是，先生。我碰巧听见他对夫人这样说。”

“那，我真是做梦也想不到。”

“我同意先生的看法。以爵士如今的身份看，的确很难想象。Tempora mutantur, nos et mutamur in illis[2]。”

“你是说，他要唱歌哄小西伯里开心咯？”

“是，先生。夫人负责钢琴伴奏。”

我一下瞄到了漏洞。

“有问题，吉夫斯，你想想看。”

“先生？”

“呀，那小子心心念念要看黑脸艺人的手艺，那你说，一个白脸精神病医生加钢琴伴奏，这所谓的退而求其次，他可能接受吗？”

“并不是白脸，先生。”

“什么！”

“不错，先生。经过一番辩论，夫人认为，表演上‘黑脸’这一特征必不可少。要知道，以小少爷目前的心境，要求总是异常苛刻。”

我一激动，呛了一口烟。

“难不成老格洛索普要画黑脸？”

“是，先生。”

---

1 Smoking concert，维多利亚时期流行的仅允许男性参加的音乐会。

2 拉丁语警句，意为时间在变，人亦随之改变。

“吉夫斯，你醒醒吧，这怎么可能，他当真要画黑脸？”

“是，先生。”

“无论如何不可能嘛。”

“先生要知道，此时罗德里克爵士可以说是对夫人言听计从。”

“你是说，他在恋爱？”

“是，先生。”

“爱战无不胜？”

“是，先生。”

“即便如此……吉夫斯，假如你恋爱了，你会不会把脸涂黑，去取悦心上人的儿子？”

“不会，先生。但人各有志。”

“那倒是。”

“罗德里克爵士的确表示异议，但夫人予以驳斥。实话实说，先生，我认为夫人此举倒不失为一件好事。罗德里克爵士这一善意之举可以弥补他和西伯里小少爷之间的罅隙。我偶然得知，小少爷曾向罗德里克爵士索要保护费未遂，并为此怀恨在心。”

“他想敲那老儿竹杠？”

“是，先生，价格十先令。这是小少爷亲口告诉我的。”

“大家都爱跟你推心置腹，吉夫斯。”

“是，先生。”

“老格洛索普不肯拔毛？”

“不错，先生。他反而当场教训了小少爷一顿，对方称之为‘道学’。我还碰巧得知，小少爷为此耿耿于怀，据我观察，他甚至打算采取报复行为。”

“他难不成要在未来后爸的身上使坏？他没这胆子吧。”

“年轻人总是任性妄为，先生。”

“那倒是。我想起阿加莎姑妈的公子小托和内阁大臣。”

“是，先生。”

“他居心不良，硬把人家困在湖心岛上和天鹅做伴。”

“是，先生。”

“这附近的天鹅分布状况如何？说实话，我倒想看看老格洛索普被暴躁的大鸟撵上树的样子呢。”

“我想西伯里小少爷主要考虑的是布机关，先生。”

“想想也是。那孩子缺乏想象力，目光短浅。我老早就注意到了。他的脑子——怎么说来着？”

“平庸无奇，先生？”

“对了。这么大一座乡间城堡，机会无穷无尽，他却满足于在门上弄点煤灰水。搁在郊区别墅还说得过去。我一向就觉得西伯里没出息，这下证明我没看错。”

“不是煤灰水，先生。据我猜想，小少爷的心思是惯常用的黄油绊子。他昨天问我黄油的存放地点，并且遮遮掩掩地说不久前在布里斯托尔看过一部幽默电影，里面有这样一处情节。”

一股厌恶之情油然而生。老天做证，凡是谁想法子作弄罗德里克·格洛索普爵士，伯特伦·伍斯特就有惺惺相惜之感，但是黄油绊子……这么下三烂的手段。纯粹是机关艺术的入门级别。“螽斯”里谁也不屑耍这么低级的把戏。我轻蔑地哈哈大笑，但马上打住了。我猛地想起来，生活是严峻而实在的，时不我待。

“黄油啊，吉夫斯！咱们这会儿还在这虚度时光，空谈黄油，你早该奔去储藏室弄点来的。”

“我这就去，先生。”

“你知道到哪儿去弄，是吧？”

“是，先生。”

“你保证黄油有用？”

“先生大可放心。”

“那速速前去，吉夫斯，休再耽搁。”

我坐在一只倒扣的花盆上，默默守着。和我初到这片可爱的庄园时相比，我的感受已经大相径庭。彼时，我还是一个身无分文的流浪汉，前途一片黯淡。这会儿我看到了曙光。要不了多久，吉夫斯就会带回我需要的各种物什。再不久，我就能恢复面泛桃花的俱乐部公子神采。然后，时机一旦成熟，我就会稳稳当当地坐上十一点五十分的列车，平安地重返伦敦。

我大感振奋，揣着一颗恬适的心，畅快地呼吸着夜间的空气。正这么吸着，屋子里突然传来一阵吵嚷。

献声的主要是西伯里。这孩子吼得天都要塌了。时不时地，还可以辨认出一个微弱但极富穿透力的声音，那是扎福诺夫人，她似乎在责备还是谩骂谁。这两股声音之外，还混杂了另一个深沉的声音，那是罗德里克・格洛索普爵士震耳欲聋的男低音，绝对错不了。吵嚷似乎是从客厅传出来的。除了我那次到海德公园散步，莫名其妙地卷进了“圣歌大合唱”，我还从没见过这种阵仗。

没过多久，只听前门“呼啦”一声开了，有个身影迈出门槛，接着门“嘭”一声摔上了，那出逃者一瘸一拐，急急地直奔大门方向。

一瞬间，门厅里的光打在此人身上，虽然光亮转瞬即逝，我还是认出了他。

这个突如其来的退场人士，此刻在黑暗中踽踽独行，明显是怒不可遏。他不是别人，正是罗德里克·格洛索普爵士。我注意到，他脸上黑似炭。

没过多久，我正琢磨究竟是怎么一回事，还在脑海里左思右想的时候，发现吉夫斯隐约从右侧现身了。

看到他我很高兴，我正需要有人提点一下。

“怎么回事，吉夫斯？”

“先生指刚才的扰攘？”

“听着像西伯里被人谋杀了。估计没这么好运吧？”

“小少爷遭到了人身伤害，施害者是罗德里克·格洛索普爵士。这不是我亲眼所见，而是从客厅女侍玛丽那里听来的。她当时在场。”

“在场？”

“是隔着门缝观望，先生。玛丽在楼梯上遇到爵士，似乎因为对方的样貌大为触动，她告诉我说，那之后就一直暗中尾随其后，想知道对方接下来有什么动作。想来是受到爵士的吸引吧。玛丽的精神思想一向偏于轻浮琐碎，这也是很多年轻丫头的共同特点，先生。”

“那发生了什么？”

“事情的肇始可以归于爵士穿过走廊时踏到了小少爷的黄油绊子。”

“啊！他果然下手了？”

“是，先生。”

“于是罗德里克爵士摔了个四仰八叉？”

“似乎的确摔得不轻，先生。玛丽讲起来眉飞色舞，还将爵士这一跤比作卸一吨煤球。坦白说，我听到这一比拟略有些诧异，因为玛丽这丫头的想象力并不高明。”

我赞许地笑了。我感觉到，这天晚上起头是不大顺畅，但总算完美收场。

“爵士勃然大怒，匆匆赶到客厅，并立刻对西伯里小少爷施以严惩。夫人百般劝慰，均是枉然，爵士严词拒绝。最终，夫人和罗德里克爵士彻底失和，夫人表示永远不想见到对方，而爵士则郑重宣布，只要他能安全地离开这所遭瘟的房子，就永不来叨扰。”

“好一场混战。”

“是，先生。”

“订婚就泡汤了？”

“是，先生。夫人受伤的母爱势如涛涛，对罗德里克爵士的情意立时被大浪卷走了。”

“说得好，吉夫斯。”

“多谢先生夸奖。”

“罗德里克爵士就永远走人了？”

“看似如此，先生。”

“扎福诺公馆这段日子真是麻烦不断，好像这地方受了诅咒似的。”

“假若迷信鬼神之事，或许可以这样说，先生。”

“那，就算原来没有诅咒，我看这会儿也有五十七八道了。格洛索普离开的时候，我听见他赌咒来着。”

“想来爵士非常激动？”

“异常激动，吉夫斯。”

“想必如此，否则爵士不会如此离开公馆。”

“什么意思？”

“请先生细想。以爵士目前的状况，回酒店是不大可行的，他的容貌会引人侧目。而经过刚才那一场风波，他也很难返回公馆。”

我领会了他的意思。

“老天，吉夫斯！你给我打开了一条新思路。容我想想。他回不了酒店——不错，这我看出来了，他也没法硬着头皮回到扎氏夫人这里求她留宿——不错，这我也看出来了。还真是给将死了。真想不出他还能去哪儿。”

“的确成问题，先生。”

我默默思索了一会儿。说来也怪，大家准保以为我此刻要大呼痛快，可实际上，我倒是有几分痛心。

“知道吗，吉夫斯，虽然他过去对我种种卑鄙无耻，但我却忍不住为他可惜，千真万确。他这个火坑可不浅啊。要说我嘛，顶着黑脸到处流窜已经够糟糕的了，但至少不用考虑丢面子的问题。我是说，要是叫全世界看到我这副模样，大家也只会一耸肩，感叹‘到底是血气方刚’之类的，是吧？”

“是，先生。”

“但他身份就不同了。”

“先生所言极是。”

“啧啧啧！呀呀呀！说到底，这兴许就是恶有恶报吧。”

“或许如此，先生。”

我不大爱讲道理什么的，但这会儿却忍不住大发议论。

“这就证明，咱们得永远保持一颗赤子之心，吉夫斯，即使是对最不起眼的角色。这些年来，这个格洛索普穿着钉鞋在我脸上百般践踏，看看他的下场。假如我们一向相敬如宾的，又会如何？他准会万事大吉。我看到他匆匆走过，自然会拦下他，自然会招呼：‘嘿，罗德里克爵士，请留步，别到处乱晃，卸了妆再说。稍等片刻，吉夫斯很快就会捎来必要的黄油，那就不必愁啦。’我能不这么说吗，吉夫斯？”

“大致不错，先生。”

“如此一来，他就免去了眼下这个大麻烦，这个‘舛’。我敢说他天亮之前都弄不到黄油。要是他身上没钱，那天亮之后也弄不到。而这一切通通是因为他从前不懂得好好待我。真是发人深省啊，吉夫斯，是吧？”

“是，先生。”

“不过光说也于事无补，覆水难收哇。”

“先生所言极是。冥冥有手写天书，彩笔无情挥不已。流尽人间泪几千，不能洗去半行字。”

“对咯。行了，吉夫斯，把黄油给我吧，我得抓紧时间了。”

他叹了口气，毕恭毕敬的样子。

“万分遗憾，先生，西伯里小少爷把仅剩的一点都用来铺设机关，因此家中黄油告罄。”

16

孀居小舍起波澜

我手伸在半空，怔怔地立在原地，感觉器官好像都麻木了。记得有一次在纽约，我出门换换空气，信步走到华盛顿广场。一群眼神忧郁的意大利小孩踩着冰鞋嗖嗖地穿梭其间，其中一个突然径直朝我扑来，撞在我背心上，其势头之猛烈，着实不可思议。那小子在我上数第三颗纽扣处终结了行程，我这会儿的感受和当时几乎一模一样。这是一种如遭雷击之感，目瞪口呆，呼吸不畅。仿佛灵魂被飞来的沙包抡中了。

"什么？！"

"是，先生。"

"黄油告罄？"

"黄油告罄，先生。"

"这，吉夫斯，糟糕啦。"

"着实令人困扰，先生。"

要说吉夫斯有什么缺点，那就是他在类似场合的表现总是偏于镇定自若、无动于衷，不能尽如人意。一般来说，我有不满也只搁在心里，因为他一般都能化险为夷，三下五除二，就能想个妙计出来呈董事会过目。话虽如此，我常觉得他不妨多配合一些干瞪眼啦、直跳脚啦之类的动作。事情都到了这个地步，我看他这句“令人困扰”跟事实的出入约有十帕拉桑[1]。

“那我该怎么办？”

“只怕洗去脸上污渍一事要暂时搁置。待到明天，我才可以替先生取得黄油。”

“可今晚呢？”

“今晚只怕要委屈先生维持in statu quo[2]。”

“嗯？”

“这是拉丁语，先生。”

“你是说，明天之前都没有办法？”

“只怕如此，先生。目前无所适从。”

“真到这份上了？”

“是，先生。确实无所适从。”

我长吁短叹了一阵子。

“哎，那好吧，吉夫斯。”

我心下沉吟。

“那我这期间怎么办？”

“我想既然先生一晚上奔波劳累，最好还是好好歇息。”

“睡草坪吗？”

“先生，恕我冒昧提个建议，先生不如前往孀居小舍将就一晚。穿过庭园不远就是。那里空无一人。”

“怎么可能，总得留个人看着吧？”

1　帕拉桑，古波斯长度单位，约为3.5英里。

2　拉丁语，意为原状

“在夫人和小少爷居留公馆期间，一直由花匠代为打理，不过这个时候他一般都在村里的‘扎福诺村酒馆’。先生可以径直进门，到楼上挑一间房休息，不会有人察觉。待到明天早上，我会带着必要的东西过去和先生会合。”

说心里话，这和我想象中的自由自在的夜晚相去甚远。

“就没有更妙的建议了？”

“只怕没有，先生。”

“不考虑把自己的床腾给我一晚上？”

“不，先生。”

“那我只好过去了。”

“是，先生。”

“晚安，吉夫斯。”我郁郁不乐地说。

“晚安，先生。”

没多久我就到了孀居小舍，感觉上这一程比实际要短，因为我一边赶路，一边在脑海中默念一连串“长恨歌”，抨击所有联手置我于吉夫斯所谓的无所适从之境的诸公——首当其冲就是小西伯里。

我越想这个小鬼头，越是心如刀绞。思来想去的结果就是催生——是叫催生吧——出对罗德里克·格洛索普爵士一种近乎友好的情绪。

这种情况大家肯定不陌生。多年来，你一直把某人当成讨厌鬼、公共福祉之祸害，然后某天你突然听说他做了件挺正直的事儿，一下觉得这人还是有点可取之处的嘛。格洛索普就是这种情况。自我们狭路相逢以来，我可吃了他不少苦头。在命运给伯特伦·伍斯特安排的这个人类动物园里，格洛索普一向高居毒兽类之首。诚然，诸多明智的判官会认为，他甚至可以和现代一大祸患——我家阿加莎姑妈一较高下，争夺蓝丝带[1]。可现在呢，回顾起他这桩好人好事，实话实说，我发觉自己对他的态度有所缓和。

我的论据是，凡是能如此这般痛殴小西伯里之人，不可能一无是处。其糟粕之下必然藏有精华。我兴之所至，甚至开始琢磨，要是情况顺利，让我得以重获自由，我要主动联系他、亲近他。不仅如此，我还设想不妨和他共进午餐，两个人隔着桌子面对面，啜饮干葡萄酒佳酿，像老朋友一样谈天说地……想着想着，我发现已经到了孀居小舍近郊。

这所专门打发或者说安置历代扎福诺勋爵遗孀的建筑类似棚屋，不大不小，周围是广告里描述的“广袤开阔的院落”，进去要穿过黄杨树篱间一扇五道栅栏的大门，走过短短的石子小径——但如果你计划从下层破窗而入，那就要沿着草坪边缘溜进去，悄声无息地穿林而过。

我选择了后者。其实一瞥之下，就发现没有这个必要。这里看上去空无一人，但话说回来，目光所及也只有房子正面，假如负责打更的花匠没去当地酒馆喝一杯提神，而选择留守不动，那他准会住里间。为此，我迈开步子向彼处进发，并尽量走之字形路线。

坦白说，我觉着前景不妙。吉夫斯倒是说得天花乱坠——或者胸有成竹——叫我大可把这儿当成自己家住一晚，但根据以往经验，每次搞点小偷小摸的行动，准要出篓子。我还清晰地记

1　蓝丝带（Blue Ribbon）是品质的象征，在20世纪30年代兴起的大西洋航海竞赛中，最快驶完该航线的客轮即获得蓝丝带。

得，那次炳哥·利透夫人[1]为达丽姑妈的《香闺》杂志撰写了一篇关于炳哥的肉麻文章，炳哥说服我闯进他家偷走那份录音带，结果京巴儿、女仆和警察接踵而至，害得我灰心丧气、惊慌失措，大家还记得吧。我可不希望这一幕重演。

因此，我此刻加倍小心，潜着脚步绕到后门，定睛一看，只见厨房门半开半掩。要是放在一年前或者更早，我一定会兴高采烈地冲进去，但今非昔比，生活已将我历练成冷酷无情、惯于猜忌之人，我于是站定了，警惕地斜眼观望了一阵子。似乎没问题。但话说回来，兴许就有问题呢。还有待时间的考验。

接下来的情况让我暗自庆幸没有轻举妄动，因为屋子里突然传来吹口哨的动静，我立刻明白了。这就意味着，花匠老兄决定与其去扎福诺村酒馆来一盅，不如乖乖待在家里，静静地和书本作伴。吉夫斯权威性的内部消息也不过如此。

我隐没到阴影处，一如猎豹，心里直冒火。吉夫斯说谁谁在某某时间跑去村里灌黄汤，人家明明就没去，这也太不负责任了。

接着又出现了新情况，导致我对事情的本质彻底改观，同时意识到自己是错怪了那个老实人。口哨声停了，接着是短短的一声“嗝”，再接着，就听见有人唱起了《慈光歌》。

媚居小舍这位居留者可不是区区花匠。屋里窝藏的正是莫斯科之骄傲、恶劣至极的布林克利。

如此一来，我更要从长计议、精打细算一番了。

对付布林克利这种人呢，最大的麻烦就是不能以“成绩记录

1　本名罗西·M·班克斯，著名女作家。

册”来判断。他们发挥起来没个准儿。就说今天晚上吧，在短短一个多小时之内，我曾目睹此人挥舞着餐刀上跳下蹿，也曾目睹他乖乖忍受扎飞的拳打脚踢，沿着扎福诺公馆的小径整整跑了一路。似乎一切全凭他一时的情绪。为此，我不得不扪心自问，假如我咬牙闯进孀居小舍，这个千面君将以何种形式迎接我？他会化身成一位温良恭顺的和平人士，任人提着裤腰扔出门吗？那事情可是简单又愉快。抑或我不得不一整晚让他楼上楼下地追来追去，永远快他那么一头？

这就涉及到另一个问题：他那把餐刀哪儿去了？据我观察，他和扎飞会面期间，并没有带在身上。不过也可能是他暂时存放在某处，这会儿又取回来了。

经过全方位多角度的考虑，我决定暂时按兵不动。接下来的一系列事态表明，我这个决定太明智了。他刚唱到“黑夜漫漫”一句，虽然低音部有点拿捏不稳，但劲头十足，却不知为什么，歌声戛然而止。里面随即爆发出一阵异常可怕的大喊大叫、咚咚跺脚和不敬之语。至于是什么惹了他，我自然一无所知，单从屋里的动静来看，毫无疑问，这厮出于某种尚不明确的原因，突然重现了所谓的餐刀人格。

身处乡下有一个好处——我是说，假如你和布林克利同属暴躁类的神经病——那就是拥有最大限度的行动自由。以他此刻闹出的动静，倘若是在格罗斯诺广场或者卡多根公园，不出两分钟，就有警察蜂拥而至，居民纷纷打开窗户，哨声四起。但是，在人迹罕至远离尘嚣的扎福诺·里吉斯的孀居小舍，他有充分的自由表达空间。方圆一英里内只有一所公馆，而两地相隔遥远，等他这边厢的鬼哭狼嚎传过去，也早已化为喁喁细语了。

至于他以为自己追的是什么人或东西，我不能妄下判断。有可能是花匠兼代管家果然没去村里——他此刻准后悔不迭。也可能是布林克利醉到了这份上，根本就不需要什么具体的追逐目标，他或许追的就是天边的彩虹，全当锻炼呢。

我比较倾向后一种可能，还抱了一丝希望，盼他踏错楼梯台阶一跤摔断脖子。忽然间，我发现自己想错了。有那么几分钟，吵嚷声弱了几分，似乎活动场地转移到了房子较偏僻的地方，这会儿却又如火如荼。我听见有人咚咚奔下楼梯，接着是轰然一声巨响。紧接着，后门“咣当”一声被推开了，只见有个人影嗖地蹿出来。这人飞快地朝我的方向跑来，一不小心绊倒了，几乎是在我脚边摔了个嘴啃泥。我准备跳出去踩他两脚，正在祈祷上苍，耳边却传来此人的暗语——是那种文采斐然的谩骂，其教养程度应该要高于布林克利——于是连忙打住。

我弯腰一看，判断果然没错：这正是罗德里克·格洛索普爵士。

我正要报上姓名、询问来龙去脉，这时后门再次大开，又有个身影出现了。

“别再回来！”只听他恶狠狠地喊。

这才是布林克利。在这不甚喜庆的时刻，我注意到他正揉着左胫，不禁略感安慰。

门嘭地摔上了，然后是拉门闩的声音。屋里继而响起嘹亮的《万古磐石》，由此推断，从布林克利的角度看来，事情已告一段落了。

罗德里克爵士挣扎着站起身，喘息了一阵子，像被人打中了胸口。这不足为奇，毕竟刚才事发突然。

我看时机成熟，可以开启对话了。

“哎呀，哎呀！”我寒暄道。

或许是命中注定，我今天晚上就是要惊扰男同胞们——更不必说帮厨女同胞了。不过，从结果判断，我的人格磁力似乎有所消减。我是说，之前帮厨女佣吓得大发歇斯底里症，扎飞吓得离地一英尺高，这个格洛索普只是吓得微微一哆嗦，像一盘子没端稳的花色肉冻。不过这也可能迫于体力限制，和布林克利的激烈较量容易让人筋疲力尽。

“别怕，”我赶忙安抚他，免得他误会在耳边细语的是什么恐怖的夜间生物，“我是伍斯特——”

“伍斯特先生！”

“如假包换！”

“老天爷！”他的情绪平复了些许，虽然离精力充沛的状态还差得远，“呜！”

接着，我们都没有说话。他大口呼吸续命的氧气，我则默默站在一旁。这种时候，咱们伍斯特是不会搅扰人家的。

不一会儿，呼哧声转为轻柔的咻咻，之后他又缓了一分半钟，这才开口。他的声音透着一股沉郁，简直有点气若游丝，我听了，差点想伸手搂住他的肩膀，鼓励他振作起来。

“伍斯特先生，你一定在好奇，这究竟是怎么一回事？”

我发觉无法胜任搂肩膀的动作，不过总算在他肩头拍了两下，以示安慰。

“没有，”我说，“没有，我都知道了。我对来龙去脉一清二楚，公馆发生的事我都听说了。刚才一看到您冲出门，我就明白是怎么一回事了。您本来打算在孀居小舍借宿一晚，对吧？”

“不错。伍斯特先生，既然你知晓扎福诺公馆的情况，那么你应该清楚，我此刻情况尴尬……”

“脸涂黑了嘛，我知道。我也是。”

“你！”

“是啊。说来话长啦，而且我不能说，因为这其中算是涉及个人隐私，不过您大可以相信我，咱们俩是同病相怜。”

“这也太不可思议了！”

“在除去脸妆之前，您回不了酒店，我也休想回伦敦。”

“老天！”

“所以咱们俩成了难兄难弟，啊？”

他深吸一口气。

“伍斯特先生，过去我们没能友好相处，或许错在我。或许吧。这次情况紧急，我们必须摒弃前嫌，呃——”

“齐心协力？”

“不错。”

“就这么定，”我亲切地说，“就说我吧，一听说你当场给了小西伯里一两下，我当时就决定把已逝的过去永久掩埋。”

他从鼻孔里哼了一声。

“伍斯特先生，那个胆大包天的小子对我做了什么，你也知道吧？”

“可不，还有您对他做了什么。关于您离开公馆前的消息，我都及时收到了通知。那之后呢？”

“我前脚一出门，立刻就醒悟到情况尴尬。”

“还真是棘手，是吧？”

“我大惊失色，无计可施。似乎唯一可行的办法就是找一处栖身之地，先过了今晚再说。我知道孀居小舍空着，于是就赶来了。”他一个哆嗦，“伍斯特先生，这屋子——我绝不开玩笑——是人间地狱。”

他喘息了一阵子。

“里面住了一个危险的精神病人，但我指的还不是这个。我是说，里面养了各种活物！伍斯特先生，有老鼠！还有小狗。好像还有一只猴子。”

“嗯？”

“我这会儿想起来了。扎福诺夫人曾对我说过，西伯里在家里养了一群动物，但当时我没有想到，情况突如其来，我毫无防备。”

“是，当然了。西伯里养动物来着，他跟我说过。所以园子里的生物把你好一顿欺负？”

黑暗中他动了动，估计是在擦汗。

“伍斯特先生，不如我把刚才在屋子里的经历讲给你听？”

“讲啊，”我热切地说，“反正是漫漫长夜。”

他又抹了一阵手绢。

“真是噩梦。我是从厨房进去的，刚一进门，黑暗的角落里就有个声音冲我说话：‘我看见你了，你这个老糊涂。’就是这句话。”

“听着耳熟啊。”

“不用说，我吓得惊慌失措，狠狠地咬到了舌头。不过我很快就发觉说话的不过是只鹦鹉。匆匆出了厨房后，刚走到楼梯口，我就看到一个可怖的身影，又矮又小，宽肩膀，罗圈腿，长长的手臂，黑黑的脸孔皱纹密布。这东西还套着件衣服，走得飞快，左摇右晃，嘴里还呼呼喝喝。后来冷静地想一想，那自然是只猴子，但当时的情况……”

“这一家子！”我深表同情，“再加上小西伯里，这一家子啊！那老鼠是怎么回事？”

“还没轮到呢。拜托你，这段不幸的遭遇必须要按前后顺序依次讲起，否则就不连贯啦。我接下来走进的这间屋子似乎养了一群小狗。它们直往我身上扑，又是嗅又是咬。我急忙逃到另一间屋子里。我心里想，不管这所房子如何邪恶、如何凶险，总还是有安全的容身之地吧。伍斯特先生，正当我以为总算天下太平了，突然感到有什么东西顺着右裤管往上爬。我慌忙往旁边一跳，结果就碰翻了一只箱子还是笼子之类的。这下子，我发现身边围了一群老鼠！我最恨这东西，奋力扫开它们，结果它们却抓得更紧了。我夺门而出，才刚跑到楼梯口，就冒出了这个疯子，见了我就追，楼上楼下来来回回地追。伍斯特先生啊！”

我理解地点点头。

“必然经历的过程，”我说，“我是过来人。”

“你？”

“可不，我差点命丧在他的餐刀下。”

“据我的判断，他手中的武器更像是一把砍肉刀。”

“他没个准儿，”我解释道，“时而餐刀，时或换成砍肉刀，是个多面手。想必这就是所谓的艺术家气质吧。”

“听你的口气，是认识他。”

“何止认识，我是他的雇主呢，他是我的贴身男仆。”

“你的贴身男仆？”

“叫布林克利。不过贴身男仆他是干不长久啦。我要叫他卷铺盖走人，前提是他哪天能平静下来，容我靠近。想起来还真够讽刺的，”我这会儿很有点思辨精神，“发现没有，这么半天，我还得支付他工钱！换句话说，他举着餐刀到处追我，还有钱赚呢。如果这还不叫生活，”我若有所思地叹道，“那什么才是？”

老先生好像好一会儿才有所领悟。

“你的贴身男仆？那他到孀居小舍来做什么？”

“哦，他就是腿勤快嘛，跑来跑去的，一刻不闲着。不久之前他还去了公馆呢。”

“真是闻所未闻。”

“坦白说，我也是第一次见识。哎，您这一晚上可真够精彩的。想必够撑上一段日子了？我是说，未来好几个月都不要什么刺激了。”

“伍斯特先生，我真心真意地盼望有生之年都过着风平浪静的单调日子。今天晚上，我总算尝到了生活中暗无天日的一面。我这会儿身上不会还有老鼠吧？”

“依我看，应该都被您甩掉了。您老当益壮啊。当然，我只是根据声音判断的，反正觉得您像飞檐走壁似的。”

“为了躲开这个布林克利，我自然是不遗余力。我就是感觉左侧肩胛骨有什么东西咬我。”

“今天晚上也真够您受的了。”

“今天晚上真是不堪回首。只怕我一时半刻也不能重拾心灵的宁静。我这会儿脉搏剧烈，心脏也不舒服。不过不幸归不幸，现在总算有了希望。你自然有地方容我安歇一晚，真是求之不得。之后，用一点肥皂和清水，就能弄掉这可恶的黑灰了。”

我不得不委婉地跟他宣布坏消息。

“肥皂和清水是洗不掉的，我试过了。得用黄油。”

“这无所谓吧。黄油你自然也有，是不是？”

“对不住，黄油欠奉。”

“你家里怎么会没有黄油。”

“没有。原因呢，是因为家都没了。”

“恕我没听懂。”

“我家给烧光了。”

“什么？”

“没错，是布林克利干的。”

“老天爷！”

“不得不承认，从多个方面来说，都很不方便。”

他沉默了一阵子。在脑子里左思右想，前思后想什么的。

“你家真的烧光了？”

“一片灰烬。”

“那如何是好？”

此时该跟他说明尚有一线希望。

“君且莫愁，”我说，“虽然茅舍的事解决不了，但是黄油的问题嘛，很高兴地告诉您，还是充满希望的。虽然今天晚上没有，但将来于晨兮。明天一早，一等奶制品商送货，吉夫斯就会给我带来。”

“可我不能这样过一夜呀。”

“只怕没有别的办法了。”

他陷入了沉思。黑暗中看不清晰，我觉得他心有不甘，似乎心高气傲的他也犯愁了。不过他准是结结实实地思考了一番，因为他猛地活了过来，有了主意。

“你的房子——配有车库吧？”

“哦，有啊。”

“车库也一起烧了吗？”

“没有，应该逃过了一劫吧，车库离火灾现场有一段距离。”

“车库里有汽油吧？”

“哦，有啊，多的是。”

“嗯，如此一来，就不用担心了，伍斯特先生。我相信，用汽油做清洁剂，效果和黄油是一样的。”

“可，该死，您不能去我家车库。”

“为什么？”

“哦，要是您愿意，其实也没什么不可以。但我可不行，具体原因恕我不能奉告，总之我打算下半夜就在公馆大草坪的凉亭度过了。”

“你不和我一起过去？”

“抱歉。”

“那么，晚安，伍斯特先生。我就不打扰你歇息了。你在危急时刻向我伸出援手，我感激不尽。咱们日后一定要常走动。改天一起用午餐吧。还请你指明进入车库的办法？”

“您得破窗而入了。”

“没问题。”

他雄赳赳气昂昂地出发了。我担心地摇了摇头，缓步向凉亭走去。

17

公馆的早餐时间

不知道大家有没有睡过凉亭？要是没有，还是不要轻易尝试的好。总之我是不会跟朋友们提倡的。对于睡凉亭，我要勇敢地大声疾呼。就我个人的体会，这一壮举并不存在哪怕一条吸引人的特点。除了脂肪部位不适不可避免之外，还很冷；除了很冷，还有精神的煎熬。从前读过的那些鬼故事一一浮现在脑海中，尤其挥之不去的是那些第二天被人发现死得结结实实，浑身上下却没有一点异样，只有脸孔扭曲目露惧色，搜救队一看，立刻倒抽一口凉气，面面相觑，心照不宣地“哎呀”一声的故事。周围事物吱吱嘎嘎，仿佛有人潜着脚步走来走去。你觉得黑暗中有数只骨瘦如柴的手伸向你。还有就是刚才说过的，彻骨地冷，以及脂肪部位很不舒服。总而言之，这滋味不好受，有识之士要尽量避免。

对我来说，尤其叫我心有不甘的是，假若我有胆量跟大无畏的格洛索普一起去车库，那就省得困在这个臭烘烘的建筑里，听着狂风呼啸着钻进木头缝了。我是说，要是去了车库的话，我这会儿不仅已经洗干净面孔，而且已经跳上跃跃欲试的两座车，嘀嘀一声扬长而去，哼着吉卜赛小调，开在回伦敦的路上了。

可我无论如何也不敢放手一搏。我以为，车库地处危险地带，在沃尔斯和多布森的包围圈内，万一又撞上沃尔斯警长，被他扣下问话，这个险可冒不得。昨天晚上和他几场交锋下来，我的士气土崩瓦解，在我眼里，这位执法恶犬不眠不休，到处巡逻，布下天罗地网，专门趁你不留神，从意想不到的地方跳出来。

所以我只有按兵不动。我换成四十六号睡姿，希望和前四十五号睡姿相比能让脂肪部位舒服一些，再次试着进入黑甜乡。

我一直想不通，这种情况下究竟怎么才能睡着。反正我老早就放弃了希望。当我察觉有只豹子开始试探性地朝我臀部下口时，正要躲开，却猛然惊醒，发现这不过是一场梦，此时我的讶异程度绝对不在任何人之下。放眼四周，不仅没有什么豹子，只见旭日东升，开始了新的一天，室外绿草茵茵，早起的鸟雀已经开始用早饭，而且还闹得天翻地覆。

我走到门口，向外张望，简直不敢相信真的是天亮了。但是天亮了不假，而且这是个美好的早晨。空气清新凉爽，草坪上笼罩了一片长长的阴影，总体气氛让人为之雀跃，估计很多人就要甩掉袜子，跑到露水地里，跳起节奏明快的舞蹈了。我虽然没行动，但精神却也为之一振，或者可以说，此刻的我灵性大发，肉体已不复存在了。但忽然之间，肚皮从恍惚中腾地惊醒，接着我只觉得无论是这辈子还是下辈子都不重要了，我只要一夸脱咖啡、一盘子满满登登的鸡蛋熏肉。

说起早餐，也是奇怪。要是你一按铃就有下人匆忙进来服侍，什么麦片粥、果酱、橘子酱、罐头肉应有尽有，你反而没什么胃口，只想来一杯苏打水、一块面包干。可要是没的吃，那感觉就像动物园里的大蟒蛇听到午饭的锣声，眼巴巴地盼着饲养员分配午饭。个人来说吧，一般情况下，都得人家好说歹说我才想到吃。我是说，用过早茶、思考一下人生之后，我才会产生所谓的早餐意识。但此时此刻，我的想法发生了不可思议的变化，最佳例证就是，看到不远处一只幼年禽鸟从土里挖出一只肉粉色的胖虫子，我很乐意凑过去跟它分而食之。没错，我甚至愿意跟秃鹫凑合着吃两口。

因为手表停了，所以也不知道几点钟。更重要的是，我不知道吉夫斯打算什么时候赶去“孀居小舍”赴昨日之约。他可能这会儿就出发了，但到时候发现我不在，大概会心灰意冷，返回公馆，躲到谁也找不到的什么偏僻角落，一想到此处，我心里就一哆嗦。我急忙出了凉亭，取道灌木丛，一路披荆斩棘，像狩猎的印第安人，生怕暴露行踪。

我绕到屋子一侧，正准备迅速穿过空地，这时，透过晨室的落地窗，一样东西吸引了我的注意，一时间让我深受触动。简直是直指灵魂深处。

晨室中，一位客厅女侍正将一大只托盘摆到桌上。

阳光透过落地窗，打在这位女仆的头发上。根据那耀眼的赤褐色，我判断，这一定就是多布森警员的心上人玛丽了。换作其他时候，我一定大感兴趣。但此时我却没心情仔细观察她，继而评断警员的眼光究竟如何。我的全部注意力都集中在那只托盘上。

这托盘上应有尽有。咖啡壶、数量可观的烤面包，外加一只扣了盖子的盘子。这是最让人心动的。盖子下面或许有鸡蛋，或许有熏肉，或许有香肠，或许有腰子，也或许有腌鱼。说不好。不管有什么，伯特伦都不介意。

我已经订好计划、排好步骤了。这会儿女仆正出门，据我估算，我大约有五十秒时间完成这一艰巨的任务。二十秒溜进屋，三秒抄起东西，再用二十五秒奔回灌木丛。手到擒来。

门一关上，我立刻行动起来。会不会被人看见的问题，我几乎没考虑，因为就算有证人在场，估计他们也只会看到一团黑影闪过。第一步在预计时间内顺利完成，我正要伸手端起托盘走人，却听见门外传来一阵脚步声。

这种情况需要当机立断，也就是这种情况最能突显伯特伦·伍斯特的本色。

对了，我得纠正一下，这间晨室并不是德怀特和西伯里展开世纪之战的那间。说起来，我管这间屋子叫晨室，是有点误导公众了。这其实是一间书房，或者叫办公室，平时扎飞用它来打理地产业务、核算账目、犯愁农具涨价、数落上门来请求宽限租金的农户。处理这种事，没有一张大号的书桌可不行，所幸扎飞的确就有一张。这张书桌霸占了整整一个角落，此刻它似乎在召唤我。

两秒半过后，我已经藏到书桌后面，伏在地毯上，尽量只通过毛孔呼吸。

我刚藏好，门就推开了，有人进了门，径直走过房间，直走到书桌前才停下脚步。只听“咔嗒”一声，一只看不见的手拿起了电话听筒。

“扎福诺·里吉斯，两——勾——四。”只听一个声音说。我认出此人正是过去多少次和我患难与共的人，心头大石立刻放下了。简而言之，是友非敌。

“哦，吉夫斯。”我探出头来，一如弹簧玩偶。

吉夫斯可是吓不到的。纵使帮厨女佣歇斯底里，诸位爵爷跳脚的跳脚，哆嗦的哆嗦，他只是恭恭敬敬、不动声色地望着我，礼貌地道声先生早，又接着忙手头的活去了。他做事喜欢讲究先来后到。

“扎福诺·里吉斯，两——勾——四？是‘海景酒店’吗？请问罗德里克·格洛索普爵士是否在房里？……一直没有回去？……谢谢。”

他挂上听筒，这才有空关注一下前任少爷。

“先生早，”他又道了一遍早安，“没想到先生会来这里。”

“我知道，不过……”

“记得昨天约好在孀居小舍碰面的。”

我忍不住打个冷战。

“吉夫斯，”我说，“对孀居小舍我只说一句，之后永远也不想再提。我明白你一片好意，也明白你没掺杂一点不纯的心思。但事实不容辩驳，你是把我送到了最前线啊。你可知道，恐怖屋里藏了什么人？是布林克利，还配着砍肉刀。”

“很不幸，先生。这么说，先生昨天晚上并没有在那边睡下？”

“没有，吉夫斯。我睡在——如果那也叫睡的话——凉亭。我刚才正要穿过灌木丛溜到后门找你，就看到女仆在屋里摆吃的。”

“是爵爷的早餐，先生。”

“他人呢？”

“爵爷很快就到，先生。机缘巧合，夫人吩咐我致电海景酒店，否则要遇见先生恐怕就难了。”

“没错。对了，海景酒店是什么情况？”

“夫人因为罗德里克爵士忧心不已，想必是思来想去，认为昨天晚上亏待了爵士。”

“今儿早上母爱没那么汹涌了？”

“是，先生。”

“所以又是一个浪子回头尽释前嫌的故事？”

“不错，先生。只可惜罗德里克先生至今不知所终，也一直音信全无。”

这我自然有责任加以解释和澄清，于是当仁不让。

“他没事。和布林克利一番斗智斗勇之后，他去我家车库找汽油了。他说汽油和黄油一样都能洗干净脸，没错吧？”

“没错，先生。”

“那我估计他这会儿已经到了伦敦了，要么就是在回去的路上。”

“我即刻通知夫人，先生。相信会令她大为宽心的。”

“你觉得她还爱着对方，愿意伸出‘阿曼达’？”

“抑或橄榄枝？是的，先生，至少从夫人的态度看来如此。她给我的印象是，爱意和敬意再次复苏了。”

“我很高兴，”我恳切地说，“吉夫斯，不妨告诉你，自上次会面之后，我对格洛索普彻底改观了。我相信，他有不少可取之处。在夜深人静之时，我们可以说是结下了美丽的友谊，互相发掘了对方的优点，他走的时候一个劲说请我吃午饭。”

“果然，先生？”

“千真万确。从今往后，格洛索普家里会时刻为伯特伦备下刀叉，而伯特伦家里，罗叔永远不愁没饭吃。”

“听来令人欣慰，先生。”

“诚然。所以呢，要是你待会儿和扎福诺夫人聊起来，不妨告诉她，我对这段姻缘给予百分之百的支持和肯定。不过吉夫斯，”我话锋一转，回到现实问题，“这些都不是重点。重点是我迫切需要给养，我要那个托盘。快递过来，麻溜的。”

“先生打算吃爵爷的早餐？”

“吉夫斯。”我一阵激动，正要说假如我对这份早餐的打算他还有任何怀疑，大可以闪到一旁看我行动，包他疑虑全消。话还没出口，就听见走廊里又传来一阵脚步声。

因此我咽下了这段话，脸唰地白了——如果脸上涂满黑鞋油的情况下还能发白的话，忍不住发出撕心裂肺的呐喊。我发觉，必须再次立即消失。

有必要说一句，外面的脚步声是结实敦厚的十一码的脚。我自然以为来人是扎飞。不用说，和扎飞碰面，完全违背我的原则。我展示得应该够清楚明白的：他不认同我的目标和计划。根据前一天晚上的会面，我认为他根本是反对派、敌对势力、危险分子。要是让他发现，他准会立刻把我锁起来，秉着他那股侠义心肠，派人送信给老斯托克，请他来领人。

因此，在门把手转动前，我早已如同鸭子扎猛，消失在深处了。

门开了，说话的是个女子，估计是未来的警员多布森太太。

“斯托克先生。”只听她通报道。

扁平的大脚重重地踏进了房间。

18

书房交手

我又缩了缩身子，紧靠“咂啦吧”[1]。不妙，不妙啊：耳边似乎有人低语。综合所有不幸的可能，我觉着这是最凶险的。扎福诺公馆再不堪——鉴于近期种种，公馆在我眼中魅力大减——我以为至少数得出一处优势，那就是在这块地盘不可能遇到J.沃什本·斯托克。虽然我全部精力都花在体验做果冻的感觉，但想到斯托克居然还有脸上门打扰，又腾出了一点心思，为此愤愤不平起来。

我是说，他既然在堂堂英国庄园作威作福，数落主人，又信誓旦旦地说永不踏入这里半步，可才过两天，他又觍着脸晃悠来了，仿佛把这里当成酒店，门口铺着“欢迎光临”的脚垫似的。对于这一点，我越想越有气。

另外，我也很好奇吉夫斯会如何把控这局面。斯托克这个老狐狸，这会儿准猜到我之所以能逃脱，靠的自然是吉夫斯的脑细胞。他不可能不有所企图，盘算着让这些脑细胞洒满壁炉毯。听

1 Zareba，指苏丹及邻近地区中保护村庄的防护栅。

他说话的口气，毋庸置疑，类似的打算就在他脑海里盘旋。这语气冷酷低沉，虽然他一开口只有一个“啊”字，不过对于有钢铁般意志的人，一个“啊”字也可圈可点。

“先生早。”只听吉夫斯说。

说起藏在书桌后面，这个问题可以一分为二地看待。既有利，也有弊。纯粹从亡命天涯的逃犯角度来看，自然没得说。不错，基本上没什么需要改善的。纵然如此，还有一个不容忽略的事实，那就是从观众的角度来看，有诸多不便。这和拧开无线电听广播剧基本没什么两样。声音是收到了，但表情动作却看不到。我这会儿特别想看看他的表情。我当然不是说吉夫斯啦，因为吉夫斯从来是面无表情的。我是指斯托克，他这会儿的表情应该很值得玩味。

“原来你跑这儿来了，啊？”

“是，先生。”

接着是客人不怀好意的笑声，是那种短促、尖利的狞笑。

“我来这里是为了打听伍斯特先生的下落。我想扎福诺勋爵或许见过他，想不到却叫我碰见你了，听着，”公害斯托克语气陡然激动起来，“你知道我对你有什么打算吗？”

“不，先生。”

“拧断你的臭脖子。”

“果然，先生？”

“不错。”

我听见吉夫斯轻咳一声。

“先生，这未免有些极端吧？诚然，之前决定——的确是有些事发突然——辞去先生家的职务，回到爵爷身边，先生理应心生不悦，但……”

“我什么意思你一清二楚。是你把伍斯特那家伙偷偷从我的游艇拐走了，你难道要否认？”

“不，先生。我承认，伍斯特先生重获自由，的确是我暗中帮忙。言谈间，伍斯特先生表示自己困于船舱实属ultra vires[1]，我为着先生的最大利益着想，才放走了他。先生应该记得，我当时尚在先生手下任职，因此认为责任所在，应该有所作为，避免先生陷入极为严重的困窘之境。”

当然啦，我什么也看不见，只能听见老斯托克一边听一边从喉咙和鼻孔里做怪动静，据此推断，他早想插句话。我真想告诉他是白费力气。每次吉夫斯有话要说且认为必须言无不尽的时候，你可没法掐住他的话头。唯一的办法就是静待他自行熄火。

这会儿吉夫斯说完了，但对方却没有立即还嘴。估计是这段小小的演讲内容丰富，引他遐思了。

事实证明，我这个猜想是对的。斯托克先生喘了一阵粗气才发话，而且这时的口气简直透着一股敬畏。跟吉夫斯交手，通常都是这个结果。他表述新观点时自成一体。

“是你疯了还是我疯了？”

“先生？”

“你刚才说是为了我——”

“免于困窘之境？是的，先生。这并非权威性的判断，毕竟伍斯特先生是自愿登上游艇，我并不确定这一点在陪审员眼里……”

1　拉丁语，意为越权行为

“陪审员？”

“……不过他是被迫留在船上，并明确表示过希望离开，因此我倾向认为，这构成了绑架行为。相信先生也清楚，对这一罪名，相应处罚十分严厉。”

“可，听我说！……”

“先生，英国律法严明，同样的不法行为，在贵国或许不了了之，但在本国，却是罪无可逭。很遗憾，对于法理细则，我掌握不足，因此不敢妄断，擅自拘禁伍斯特先生是否已触犯刑法。倘若如此，则免不了劳役拘禁的处罚。毋庸置疑的是，假若我当时置之不理，事后伍斯特先生至少有权对先生提起民事诉讼，并索取高额赔偿金。因此，如之前所说，我为先生的最大利益着想，才放走了伍斯特先生。”

一时间悄无声息。

“多谢啊。”只听斯托克怯怯地说。

“先生客气了。”

“感激不尽。”

“先生，我只是为免日后发生不快，做了力所能及的事。”

“多亏有你。”

坦白说，我看吉夫斯一定会被写进传奇歌曲流芳千古。但以理不就是吗？他不过因为在狮窟里待了约莫半小时，然后施施然走出来，在一派和谐友爱的气氛中，挥别不会说话的小友。要是吉夫斯此举比不上人家，那就算我有眼无珠。才不到五分钟，他就把凶狠残暴的斯托克从人型野猫驯化成乖巧的家居宠物。要不是我在场亲耳听到，我绝不会相信这是人力所能及的。

“我得琢磨琢磨。”斯托克和气得不得了。

“是，先生。”

“我原来没想过这一层。不错，先生，我得琢磨琢磨，我得出去走走，反复考虑考虑。扎福诺勋爵没见到伍斯特先生，是吧？”

“自从昨天晚上就没有了，先生。”

“哦，这么说，他昨天晚上见到了？他往哪个方向去了？”

“据我所知，伍斯特先生打算去孀居小舍过一夜，今天启程回伦敦。”

“孀居小舍？是不是庭园对面那个屋子？”

“是，先生。”

“我或许该去那儿看看。我想我首先该找伍斯特先生谈谈。”

“是，先生。”

我听见他穿过落地窗走了，不过我又默默等了一会儿，确定可以安全浮出水面。等我有理由相信海面风平浪静，这才从书桌后探出头来。

“吉夫斯，”此刻我眼里噙着泪花，但那又如何？咱们伍斯特从不羞于表露真情实感，“没人比得上你，没人。”

“承蒙先生夸奖。”

“我恨不得跳出来攥住你的手。”

“鉴于目前的情况，这并非明智之举，先生。”

“英雄所见略同。吉夫斯，令尊不会是耍蛇的吧？”

“不是，先生。”

“我突然想到而已。你说等斯托克到了孀居小舍会怎么样？”

“可以猜上一猜，先生。”

“只怕布林克利这会儿已经酒醒了。”

“有这个可能，先生。”

“至少把他支过去是出于好意，咱们得多往好处想。毕竟布林克利那把砍肉刀还在呢。我说，扎飞真的说话就过来了？”

“应该即刻就到，先生。”

“所以你不建议我吃掉他的早饭？”

“不，先生。”

“可我要饿死啦，吉夫斯。”

“很遗憾，先生。但此时此刻，情况有些棘手。稍后我或许有办法解先生之急。”

“你吃过早饭了，吉夫斯？”

“是，先生。”

“吃了什么？”

“鲜榨橙汁，之后是‘好松脆’，一种美国产谷物早餐，配熏肉炒蛋、烤面包片和橘子酱。”

“天啊！还要就一杯美味又营养的咖啡？”

“是，先生。”

“啊，神啊！我就偷偷拿一根香肠，真的不行吗？”

“先生，我以为不可。而且爵爷今天用的是腌鱼。”

“腌鱼！”

“先生，听声音，我想是爵爷来了。”

于是乎伯特伦再次弯下高贵的身躯。才刚刚顺着桌子纹路摆好姿势，门就开了。

只听来人说：“哟，嗨，吉夫斯。”

“小姐早。”

是玻琳·斯托克。

坦白说吧，我这会儿心里很窝火。扎福诺公馆纵使千般不是，但如上文所述，至少不该受斯托克氏的滋扰吧。可瞧瞧，他们简直泛滥成灾了，像老鼠似的。只怕待会儿就有人在我耳边吹气，转身一看就是小德怀特。我是说，我心里觉着——我承认，因为在气头上——既然是斯托克家庭聚会，那干脆来个大团圆呗。

玻琳一进来就兴奋地吸鼻子。

“有股什么味，吉夫斯？”

“是腌鲱鱼，小姐。”

“谁的？”

“是爵爷，小姐。”

“哦。我还没吃早饭呢，吉夫斯。”

“是吗，小姐？”

“可不是。我一大早就被爸爸揪起来，迷迷糊糊就过来了。他正在气头上呢，吉夫斯。”

“是，小姐。我刚刚和斯托克先生见过面，他的确心事重重的样子。”

“这一路上，他唠叨的全是万一见到你要怎么怎么办。看来他的确见到你了。怎么样？他把你吃了没有？”

“没有，小姐。”

“大概是节食呢。那他去哪儿了？他们明明告诉我他在这儿。”

“斯托克先生刚走不久，小姐，他往孀居小舍那边去了。我想是去找伍斯特先生了。”

“真该派人去给那个小可怜通风报信。”

“小姐大可不必担心。伍斯特先生不在孀居小舍。”

“那他在哪儿？”

“在别处，小姐。”

“其实他在哪儿我都不在乎。吉夫斯，你记得我昨天晚上说过，我在考虑做伯特伦·伍太太的事？”

“记得，小姐。”

“那，我反悔了。所以你也不用攒钱买煎鱼锅铲了。我想通了。”

“我很欣慰，小姐。”

我也是。她这句话简直是天籁之音。

“你高兴吧？”

“是，小姐。我认为这段姻缘未必会美满，伍斯特先生性格随和可亲，但我以为，本质上，他只适合单身生活。”

“并且智力上乏善足陈？”

“小姐，伍斯特先生偶尔也不乏远见卓识。”

“我也一样。所以我说，就算爸爸气得把房顶掀了，我也不会嫁给那个饱受迫害的可怜的小羊羔。何必呢？我和他无冤无仇的。”

一时间两人都没有话说。

“吉夫斯，我刚刚见过扎福诺夫人。”

“是，小姐。”

“看起来她也有小小的家庭困扰。”

“是，小姐。很不幸，昨天晚上夫人和罗德里克·格洛索普爵士失和。幸好，夫人三思之后已心生悔意，认为不该和爵士断绝关系。”

“三思还真管用，是吧？”

“几乎无一例外，小姐。”

“只是断绝的关系不三思的话，那也是白费工夫。吉夫斯，你早上见到扎福诺勋爵了吗？”

“见过，小姐。”

“他看起来什么样？”

“依我看，是有些愁眉不展，小姐。”

“真的？”

“是，小姐。”

“嗯。那，吉夫斯，我就不打扰你办正事了，你赶快去忙吧，不用理会我。”

“多谢小姐。早安。”

门关上了，我继续一动不动。对目前的情势，我做了一番全面的考量。不妨说，宽慰之情如同稀世佳酿，在我血管里缓缓流淌，让我心满意足、精神面貌焕然一新。玻琳这小妮子用最简单朴实的字眼，字斟句酌、毫无含糊或歧义地表示，不管她父亲采取什么强硬手段，她也绝不肯罩上礼服面纱，跟我一起踏进教堂。到此为止，无可挑剔。

可是，她是否全面彻底地算计过父亲的说服力？我不禁自问，她是否见识过她父亲发威？她是否清楚，他在全盛时期是何等的不容抗拒？简单一句话，她是不是低估了对方，是不是清楚要挫败盛怒中的J.沃什本·斯托克，就像甫一踏进丛林，赤手空拳对付迎面扑来的几只野猫？

想到这一层，我的喜悦不由蒙上了一层阴影。在我看来，这个娇小姐打算以一己之力，对抗她那位海盗出身的男性长辈，无异于以卵击石。在终身大事的问题上，她不肯屈从对方安排，最终也是徒然。

沉吟间，我突然听到咕嘟嘟一阵响，是咖啡倒进杯子的声音。紧接着，就是德勒斯戴尔·耶茨耳中的“铿锵”一声。我心中大恸：玻琳终于抵受不住托盘的诱惑，动手倒了满满一杯热气氤氲的咖啡，这会儿开始向腌鱼下手了。此时此刻，再没有半分疑点，吉夫斯的情报千真万确。那腌鲱鱼的香味扑鼻而来，如同上帝的恩典。我攥紧了拳头，指节都发白了。她每咽一口，我都听得真真切切，每一声都像一把刀子戳在心上。

真奇怪，饥饿竟会对人有这么强烈的影响。真说不准会让人做出什么事。再理智的人，一旦真饿坏了，也会把谨言慎行的原则忘个一干二净。我就是一个例子。其实为保险起见，我应该继续按兵不动，静候这些没完没了的斯托克消失。冷静些的话，我自然会遵循不误。但鼻端的腌鱼香味，加上想到这美味就如同山顶积雪，每时每刻渐渐消融了无痕，而且那些烤面包也命不久矣，我终于忍无可忍，从书桌后探出头来，一如上钩的小鱼儿。

“嗨！”我的声音饱含恳求之意。

说来也怪，人总是爱被同一块石头绊倒。我亲眼见过帮厨女佣对我突然现身的反应。我也目睹了此举对扎飞的影响，还眼睁睁地看到这对罗德里克·格洛索普爵士的刺激。可这会儿呢，我却一如既往，再一次突如其来。

对方的反应也一如既往。要说比之前几位有什么不同的话，那就是变本加厉。恰逢玻琳·斯托克正在嚼腌鱼，于是一时间表达自由受限，所以在约莫一又四分之一秒的时间里，我眼前只有一双盛满惊恐的杏眼。接着，腌鱼的障碍扫除了，只听一声催肝裂胆的惊叫划破了空气，其程度堪称我一生之最。

与此同时，门开了，扎福诺男爵五世赫然立在门口。说时迟那时快，他一个箭步奔到玻琳身边，把她搂在怀里，而玻琳也奔到对方身边，顺势被他搂在怀里。

这下配合得天衣无缝，只怕排练过几周也未必能达到这效果。

19

商议对付老爸

我坚持认为，真正评判一个人的本质，看他是否具备完美的骑士风度，就要看他在这种情况下的表现了。这才是试金石。要是有人过来问我说："伍斯特，你是我的知己啦，实话告诉我——我跟人打了赌——你说我称不称得上传说中的'珀乐骑士'[1]？"那我就会回答说："我亲爱的贝茨——或者卡斯伯特森，不管是谁吧——要回答你这个问题呢，不如你先回答我，假若屋子里有一对恋人，他们之前因为不幸的误会而分手，此刻又重归于好，一派其乐融融、互敬互重，那你是立刻钻到书桌后回避呢，还是会站在一旁，看戏似的瞪着金鱼眼？"

我个人的观点不可动摇。眼见一对恋人冰释前嫌，我绝不会傻站着干瞪眼。只要条件允许，我就抽身而退，绝不打扰他们。

不过隔着一张书桌，我虽然看不到人，却听得到声音，而且是尤其叫人皱眉的声音。之前说过，我跟扎飞差不多从小混到大，这些年来，我见识过他在不同场合以及各式心情下的表现，

1 Preux chevalier，法语，意为英勇的骑士。

但我做梦也想不到，他居然具备了每分钟二百五十个字且肉麻到令人作呕的语言表达能力。这么说吧：唯一能见得光的一句就是“好啦好啦，丫头！”对于本人所经历的折磨，由此也可见一斑了。对了，诸位可别忘了，我这还空着肚子呢。

这期间，玻琳对上述对话的贡献几乎为零。此前我还以为，面对本人的突然出现，帮厨女佣的情绪反应无人能出其右，撞见我的其余一干人等只能望洋兴叹。但和玻琳相比，她立刻黯然失色。玻琳倚在扎飞怀里，喉咙里咕噜噜作响，如同暖气片漏水，这样持续了好一会儿，才恢复了一丝理智。这妮子好像傻了。

分析看来，我崭露头角的那一刻，她正承受着巨大的精神压力，而我这一露脸，可以说是大坝终于决堤了。反正她这场暖气片模仿秀一直没个完，最终扎飞终于忍无可忍，收起了喃喃的甜言蜜语，开始询问事情本源了。

“亲爱的，”只听他说，“怎么回事，安琪儿？谁吓到你了，甜心？快告诉我，宝贝。你看到什么了，小可怜？”

我看时机成熟，该加入这场聚会了，于是从书桌后面探出半个头。玻琳见了，立刻后退两步，如同受惊的野马。坦白说，我很是气恼。伯特伦·伍斯特可不擅长引起异性的恐慌。事实是，女士们见了我，通常笑而不语，当然偶尔也会无奈地叹口气，此生无望般地来一句：“哦，伯弟，又是你啊？”不管怎么样，都比这种惊恐万状好。

“嗨，扎飞，”我打招呼，“天儿不错。”

大家或许会以为，玻琳·斯托克得知虚惊一场，对方不过是一位故人，最大的感想该是松一口气。错了，她狠狠地瞪着我。

“你这个呆瓜，”她嚷嚷道，“你想什么呢？非得玩捉迷藏，把人吓个半死？而且我不知道你知不知道，你蹭了一脸灰。”

扎飞也忙不迭地声讨我。

“伯弟！”他拖着哭腔似的说，“天哪！我早该猜到是你。你还真是古往今来、独一无二、彻头彻尾、胡言乱语的第一大神经病！”

我认为必须当机立断，制止这股风气。

“对不住，”我冷冷地高傲地说，“吓到了这个小榆木脑袋，但我之所以藏身到桌子后面，完全是基于谨慎的态度和严密的逻辑。而且说到神经病呢，扎飞，你别忘了，你刚才那五分钟说了什么，我可都听在耳朵里。”

我满意地看到，他心中有愧，立时羞得面泛桃花，手脚都不知道往哪儿搁了。

“你怎么好偷听。”

“你以为我愿意听吗？”

他一个恼羞成怒，逞强道：“我凭什么不能那么说？我爱她，该死的，我不怕别人知道。”

“哦，可不。”我都懒得掩饰话中的轻蔑。

“她是世上最了不起的存在。”

“不，你才是，亲爱的。”玻琳接口。

“不，你才是，安琪儿。”扎飞答。

“不，你才是，甜心。”

“不，你才是，宝贝。”

“拜托，”我忍无可忍，“拜托！”

扎飞瞪了我一眼。

“你说什么，伍斯特？”

“哦，没什么。”

“我以为你说话来着。”

“哦，我没说。”

“那就好。你最好别说话。”

这会儿最初的恶心感已经没那么明显了，因此伯特伦·伍斯特心下一宽。本人心胸开阔，因此大度地想，考虑到扎飞的处境，不该对他求全责备。毕竟，鉴于情况特殊，期待他抱守君子风范也不符合现实。我于是主动示好。

“扎飞老兄，”我说，“咱们可不能一言不合就吵架。此情此景，咱们该眉开眼笑才是。看到你和我这位老朋友将已逝的过去掩埋，从头开始，我是再开心不过了。我可以自认是老朋友吧？”

玻琳绽开了温暖的笑脸。

“那，最好是，你这个可怜的小疯子。嘿，毕竟我认识你的时候，还不认识麻麻杜克呢。”

我转向扎飞。

“说到麻麻杜克这茬儿，我老早就想跟你说了。居然被你瞒了这么多年。”

“叫麻麻杜克有什么错吗？”扎飞有点激动。

“没错，没有。不过咱们在‘螽斯’要乐上一阵子了。”

“伯弟，”扎飞一字一顿地说，“要是你敢跟‘螽斯’那些家伙透露半点口风，就算你逃到天涯海角，我也要把你揪出来，赤手空拳把你掐死。”

“嗯嗯，再说，再说吧。总之呢，你们两个和好如初，我是很高兴的。我毕竟是玻琳最好的朋友嘛。咱们有不少美好的回忆，是吧？”

“可不是。”

“比如在‘吹笛岩’[1]那天。”

“啊。”

“还有那次大晚上的汽车抛锚，咱们淋着雨，在韦斯特切斯特县荒郊野外困了好几个小时，还记得吗？”

“怎么不记得。”

“你的鞋湿透了，幸亏我明智，帮你脱掉了袜子。”

“喂！”扎飞插嘴了。

“哦，别激动，老兄。我从头至尾规规矩矩，没一点越轨。我只是想证明自己是玻琳的老朋友，因此有资格为目前的情况感到欣慰。要说比这位斯托克还动人的姑娘，世界上屈指可数，你能赢得她的芳心，是你的运气。老兄，虽然她也有严重不足，那就是有位像是从《启示录》里走出来的父亲。”

“其实爸爸人不错，只要你懂得顺毛摸。”

“听到了，扎飞？你摸那位土匪头子的时候，千万顺着毛。”

“他才不是土匪头子呢。”

“对不住。让扎飞评评理。”

扎飞挠了挠下巴，有几分尴尬。

“坦白说，安琪儿，有时候我的确觉得他有点不可理喻。”

“说得好，”我接口，“而且别忘了，他非得要玻琳嫁给

1 Piping Rock，可能指纽约当时一家著名赌场。

我。”

“什么？！”

“你不知道？对，没错。”

玻琳摆出类似圣女贞德的表情。

“伯弟，我死也不会嫁给你。”

“精神可嘉，”我赞许地说，“不过等你老爸鼻孔喷火、嘴里嚼玻璃渣，往舞台中央一站，你保证能维持这份宁死不屈的态度吗？换句或说，你会不会害怕大野狼[1]？”

她犹豫了。

“当然，咱们得有一场恶战呢。可以想见。安琪儿，他很生你的气，你知道的。”

扎飞一挺胸。

“我来对付他。”

“不，”我坚定地说，“我来对付他。这件事就全权交给我处理吧。”

玻琳哈哈大笑。我听了很不爽，因为这笑声里带了一股轻蔑的味道。

“你！哎，可怜的小羊羔，连爸爸冲你‘嘘’一声，你都要跑出一英里。”

我眉毛一扬。

“这纯粹是杞人忧天。他好好的，干吗‘嘘’我？这么傻的事，谁对谁也做不来。况且就算他真的冒出这句无稽之谈，影响也不会像你形容的那样。我承认，曾几何时，我面对令堂，的确

---

1 歌曲*Who's Afraid of the Big Bad Wolf?*出自迪士尼电影《三只小猪》（1933）。

是有些许局促不安的心理，但今非昔比。我眼睛里的鳞已经掉了。不久前，我目睹他在短短三分钟之内，被吉夫斯三言两语，从狂风暴雨骤然转成和风细雨，他的咒语已经破除了。等他来了，你大可放心地交给我应付。我绝不会为难他，但我也绝不手软。”

扎飞好像若有所思。

“他要来吗？”

只听花园里传来了脚步声，还伴随着气喘吁吁的动静。我朝窗子竖起拇指。

“没猜错的话，华生，”我说，“我看咱们的主顾这就来了。”

20

吉夫斯有新闻

果不其然。只见夏日的晴空下，一个结实的轮廓现了身，进了屋，落了座。落座后，又摸出一只手帕，猛擦额头。一看便知心事重重。凭借训练有素的感官，我立刻认出了症状。这是和布林克利交手的后果。

片刻之后，就证明我诊断无误：一瞬间他放下了手帕，亮出一只动人的黑眼圈。

玻琳见状，恪守为人女的义务，立刻一声尖叫。

“爸爸，究竟出什么事了？”

老斯托克气喘吁吁。

“我抓不到那家伙。”他语气里透着深深的遗憾。

“哪个家伙？”

“我也不知道他是谁。总之是孀居小舍的疯子。他守着窗户，冲我扔土豆。我才敲了两下门，就见他守着窗户扔土豆，就是不肯像男子汉一样出来跟我较量。就那么守着窗户扔土豆。”

实话实说，听到这儿，我不由自主，对布林克利这厮居然心生敬意。当然啦，我们成为朋友是不可能了，但不得不承认，在必要时刻，他倒是能挺身而出，负气仗义。估计是他听到斯托克的砸门声而从宿醉的恍惚中惊醒，继而感到头痛欲裂，于是立刻通过合理渠道采取正当措施。总之令人欣慰。

“您该庆幸交了好运，”我指出光明的一面，“那家伙选择远距离对付您。要是打近身战，他一般会采用餐刀或者砍肉刀，那可需要步法敏捷。”

此前，他只专注于自己的烦恼，估计根本没注意到伯特伦又出现在他眼前。反正他是吓得目瞪口呆。

“啊，斯托克。”我轻描淡写地帮他解围。

他还是瞪着金鱼眼。

“你是伍斯特？”听口气，好像充满敬畏似的。

“正是在下，斯托克老伙计，”我兴高采烈地说，“行不更名坐不改姓，如假包换伯特伦·伍斯特是也。”

他望望扎飞，又望望玻琳，又望望扎飞，神色恳切，好像寻求安慰和支持似的。

“他的脸，搞什么鬼？”

“晒伤，”我回答，“好了，斯托克，”我急于把当天的正经事处理妥当，“您能赶过来，那是再好没有了。我一直在找您……呃，这话说得有点大了，不过，总之，我很高兴遇见您，因为我有话要告诉您。您之前打算安排令千金嫁给我的事玩儿完了。忘了吧，斯托克，断了念想吧，彻底死心，绝对没门儿。”

我这番话义正词严、斩钉截铁，实非言语所能形容。有那么一阵子，我有点忐忑，怕自己做过了头，因为我正巧望进玻琳眼里，只见她一脸崇拜青睐，仿佛为我此时的魅力折服，我真怕她最终认为我才是她心中的英雄，再次撇下扎飞，跟定我了。想到此处，我赶忙进入下一事项。

“她要嫁给扎飞——扎福诺勋爵——就是他。”我冲着当事人的方向一摆手。

“什么？！”

“不错，一切已成定局。”

老斯托克气势磅礴地哼了一声，明显是大为震惊。

“是真的吗？”

“没错，爸爸。”

“哦！你的如意郎君是骂你父亲‘大眼贼老骗子’的人，是吗？”

我来了兴致。

“你骂他是‘大眼贼老骗子’，扎飞？”

扎飞抬起一直合不拢的下巴。

“当然没有。”他有气无力地说。

“怎么没有，”斯托克反驳道，“就在我说不买你这座房子的时候。”

“哦，那个，”扎飞说，“您也知道情况啦。”

玻琳开始打岔，似乎是觉得大家跑题了。女士们喜欢集中讨论切实问题。

“总之，我是嫁定他了，爸爸。”

“胡说。”

“不，我爱他。”

“昨天你爱的还是这边这位一脸灰的白痴呢。”

我一挺胸。咱们伍斯特可以容忍做父亲的伤心之下口不择言，但是底线是不容逾越的。

“斯托克，”我说，“所谓非礼勿言。我必须请您遵守辩论的规矩。况且这不是灰，是鞋油。”

“我才没有。”玻琳嚷嚷。

“你亲口说的。”

“那，反正没有。”

老斯托克又哼了一声。

“事实就是，你根本没个主见，必须我来帮你做主。”

“不管你怎么说，我绝不会嫁给伯弟。”

“那你也不准嫁给什么傍富的英国勋爵。”

扎飞一听火了。

“傍富的英国勋爵，您什么意思？”

“我直话直说。你一文不名，打算娶玻琳这种身份的大家闺秀。哼，该死，你就像我从前看过的那出音乐喜剧里的那个家伙……叫什么来着……喔喔利勋爵。”

扎飞苍白的嘴唇间爆发出一声嘶吼。

“喔喔利！”

“简直是一个模子印出来的。脸型、表情、谈吐，一点不差。我早就觉得你像谁，现在总算想起来了。喔喔利勋爵。”

玻琳再次发话了。

“爸爸，你这纯粹是乱说。问题从头到尾就是麻麻杜克顾虑重重、心高气傲，觉得除非有了钱，否则决不肯跟我求婚。我都想不明白他这是什么毛病。后来你答应买下扎福诺公馆，五分钟之后，他就跑过来跟我求婚了。你要是不打算买公馆，那就不该轻易开口，而且我也不懂你有什么道理不买。”

“我当初打算买，是看着格洛索普的面子，”斯托克回答，

“现在我对那位老兄改变了想法，让我讨他欢心？就算是买花生摊，我也不干。”

我忍不住说句公道话。

“格洛索普人不错的，我喜欢他。”

“没人跟你抢。”

“我对他心生好感，还是从他昨天晚上痛殴小西伯里开始的。我看这就证明他三观正确。”

斯托克瞪圆了左眼。这会儿他右眼闭着，如同夜幕下憔悴的花朵。我不由自主地佩服起布林克利，那家伙准是个神射手，才能正中目标。话说用土豆远程打中某人的眼睛可并非易事。我之所以清楚，是因为亲自试过。由于土豆的特点——形状不规则，又不少芽儿，因此瞄准很费工夫。

“你说什么？格洛索普揍了那小子一顿？”

“听说毫不手软。”

“哟，该死！”

不知道大家看没看过那种电影，就是讲某个硬心肠的家伙偶然听到幼时坐在母亲膝头学的那首老歌，接着来一个面部特写，然后还没等你反应过来怎么回事，他已经痛改前非，跑去到处行善了。我总觉得这种转变有点突兀，不过请大家相信我，这种霎时间心软的情况现实里是有的。此刻，在众目睽睽之下，老斯托克就上演了这一幕。

上一秒，他还是钢筋铁骨。这一秒，他几乎是血肉之躯了。他愣愣地望着我，说不出话来。接着他舔了舔嘴唇。

“格洛索普真那么做了，千真万确？”

“我当时并不在场，不过吉夫斯亲口告诉我，这是客厅女侍玛丽亲眼所见，清清楚楚。格洛索普狠狠教训了小西伯里一顿——据我臆测，是用毛刷背。”

“嘿，该死！”

玻琳正在那儿顾盼生辉，看得出来，希望再次降临。她有没有少女般乐得一拍手，我还真说不准。

“瞧，爸爸，你是误会他啦。他其实是个大好人。你一定得去找他，跟他道歉，说自己不该发脾气，并且决定为他买下公馆。”

哎，我真该告诉这个可怜的呆瓜，她这么插嘴反倒坏事。女孩家的总也不懂处事要讲究手腕。我是说，不妨去问吉夫斯，这种情况下，关键在于研究个体心理。这会儿就算只猫头鹰也看得出老斯托克的心理，当然得是只公猫头鹰。斯托克这种人呢，一旦至亲好友苦口婆心劝他做什么事，那他立刻反其道而行之。用《圣经》里的话来说，就是命往则来、命来则往。换句话说，要是他看见门上印着“推”，他一定要拉。

果不其然。要是没人干涉呢，用不了半分钟，这斯托克只怕就要翩翩起舞，拿着帽子撒玫瑰花瓣了。本来眼见他就要成为甜蜜与光明的化身，可这会儿他突然身子一僵，露出犟驴的神色。看得出，心高气傲的他最讨厌谁指使他。

“要我做这种事，休想！”

“哦，爸爸！”

“谁也别想对我指手画脚。”

“我不是那个意思。”

“谁管你什么意思。”

这下情况急转直下。斯托克独自生闷气，像只心情不大美丽的斗牛犬。玻琳的表情仿佛是太阳神经丛挨了一拳。扎飞则好像还沉浸在被人比作喔喔利勋爵的情绪中不能自拔。至于我呢，虽然我明白此时此刻需要有位舌灿莲花的雄辩家，但却觉得，要是理屈词穷——也就是本人的状态，那硬撑舌灿莲花雄辩家也没什么助益。

因此，屋里一片鸦雀无声，并且这无声大有愈演愈烈之势，这时只听一阵敲门声，随即吉夫斯翩然而至。

“打扰了，先生，”他端着一只盛有信封的托盘，边说边施施然走近斯托克，“游艇上的一位水手刚刚捎来这封海底电报，说是您早上下船后不久收到的。船长认为或许电报内容紧急，因此吩咐他送到公馆。我在后门处从他手中接过电报，立刻赶来，好亲手交给先生。”

这事儿听他说起来，就像听一篇史诗。他引着你循序渐进，渐入佳境，眼看情节扣人心弦、戏剧效果呼之欲出，可老斯托克呢，非但不见兴奋不已，反而有点不耐烦的样子。

“你是说有我一封电报。”

“是，先生。”

“那你干吗不直接说，该死，非得大书特书的，你以为自己在唱歌剧还是怎么着？快拿来。”

吉夫斯不动声色，不失尊严地递上函件，又端着托盘退下了。斯托克一把撕开信封。

“我才不会跟格洛索普说那种话呢，”他继续之前的话题，“要是他主动来找我道歉呢，我兴许会……”

他声音渐渐沉下去了，很有点像充气玩具鸭子漏气漏到最后那种动静。他下巴合不拢，眼睛呆望着电报，仿佛突然发现手里把玩的是一只狼蛛。紧接着，他唇间挤出一句评语，以我之见，即使如今世风日下吧，但有女士在场，也实在不相宜。

玻琳快步上前，万般体贴。就是当痛苦与不幸出现在眼前那一套。

“怎么了，爸爸？”

斯托克呼呼气喘。

“还是出事了！”

“出什么事了？”

“什么？什么？”我看见扎飞一个惊跳，“什么？什么？我这就告诉你，他们要质疑乔治的遗嘱！”

“不是真的吧！”

“就是真的，你自己看。”

玻琳埋头细读文件，然后抬起头，神色慌乱。

“要是他们胜诉，那咱们的五千万就飞了。”

“可不是。”

“咱们可能一分钱都拿不到。”

扎飞如梦方醒。

“再说一遍！你是说，你们的钱都打了水漂？”

“看来是咯。”

“妙！”扎飞喜不自胜，“高！痛快！了不起！天助我也！好得不得了！”

玻琳一个雀跃。

“呀，可不是？”

“当然啦。我身无分文，你也身无分文，咱们抓紧时间，这就结婚。”

“当然啦。”

“这就万事大吉啦。这下谁也不能说我是喔喔利了。”

“当然不能。”

“喔喔利一听到这种消息，准要溜之大吉。”

“我敢保证。这会儿只能瞧到他背后那一溜烟了。”

“太神奇了！”

“太伟大了！”

“我这辈子第一次交上这种好运气！”

“我也是。”

“真是及时雨！”

“时间刚刚好。”

“好极了！”

“简直了不起！”

这种年少气盛的热情感染了老斯托克，如同他颧骨上冒了个火疖子。

“你别顾着胡说八道，快听我说。你疯了吗？‘你们的钱都打了水漂’，你胡说什么？你以为我就这么任人宰割，不会还击吗？门都没有。乔治和我一样头脑清楚，我有罗德里克·格洛索普爵士替我做证，那可是全英国一等一的精神病学家。”

“您没有啊。”

“只要我让格洛索普往证人席上一站，他们的官司就像肥皂泡一样不堪一击，打也打不成。”

“可您和罗德里克爵士吵翻了，他不会为您做证的。”

“谁说我们吵翻了？我跟罗德里克·格洛索普爵士关系再融洽不过，看哪个半傻子敢说个不字。我们关系这么铁，不过因为鸡毛蒜皮的小事儿一时意见不合，这能影响我们亲如兄弟的感情吗？”

“可假如他不肯跟您道歉呢？”

“这事从头到尾，根本不需要他跟我道歉。我自然会主动跟他道歉。我堂堂男子汉，自己做错了，伤害了最好的朋友的感情，自然会大方承认，是不是这个理儿？我当然要跟他道歉，他也会接受我最诚挚的歉意。罗德里克·格洛索普爵士最大度了。到时候我请他到纽约做证，不出两周，就把他们震得死死的。他住在哪儿来着？是‘海景酒店’吧？我这就拍电报给他，安排见面。”

我不得不插一句。

“他不在酒店。刚才吉夫斯打电话过去找人，扑了个空。”

“那他在哪儿？”

“说不好。”

“他总有个着落吧。”

“啊！”我顺着他的逻辑，觉得言之有理，“这点毋庸置疑。可在哪儿呢？八成已经回伦敦去了。”

“怎么是伦敦？”

“怎么不是？”

“他打算回伦敦吗？”

“没准就是呢。”

“那他伦敦的地址呢？”

“不知道。”

“有谁知道吗？”

“不知道。”玻琳回答。

“不知道。”扎飞回答。

“你们有个什么鬼用，”斯托克狠狠地训斥道，“出去，这儿忙着呢。”

最后这句话是对吉夫斯说的，他不知不觉又翩然而至了。这是吉夫斯最不可思议的一个特点，他时现时隐。其实应该说时隐时现。你正忙着说话，突然感觉到一股气场——打个比方，转头一瞧，他已经来了。

“很抱歉，先生，”只听吉夫斯说，“我有事禀告爵爷。”

扎飞大手一挥，明显心不在焉。

“待会儿再说，吉夫斯。”

“遵命，爵爷。”

“我们这会儿有点忙。”

“明白了，爵爷。”

“那，罗德里克爵士这么赫赫有名，要找他肯定不难，”老斯托克继续之前的话题，“《名人录》里准有他的地址。你这儿有《名人录》吧？”

“没有。”扎飞回答。

老斯托克摊开双手向天。

“老天爷呀！”

吉夫斯轻咳一声。

“先生，恕我冒昧地说一句，我想我知道罗德里克爵士的下落。想必先生要找的是罗德里克·格洛索普爵士吧？”

“当然是他。你以为我认识多少个罗德里克爵士？那他在哪儿？”

“在花园里，先生。”

“你是说公馆的花园？”

“是，先生。”

“那快去请他进来呀。就说斯托克先生有要紧事，希望即刻见他。慢着，不用你去了，我亲自去。你在花园哪个地方见到他的？”

“我并没有见到他，先生，不过是有人告诉我他在花园。”

斯托克啧啧两声。

“嘿，该死，那这个不过告诉你他在花园的人不过告诉你他在花园的哪个地方？”

“在盆栽棚，先生。”

“盆栽棚？”

“是，先生。”

“他在盆栽棚干什么？”

“想来是坐着吧，先生。但刚刚说过，这并非是我亲眼所见，是多布森警官知会我的。”

“嗯？什么？多布森警官？那又是谁？”

“是昨天晚上逮捕罗德里克爵士的警官，先生。”

他微微一鞠躬，退下了。

21

吉夫斯自有妙计

“吉夫斯！”扎飞咆哮。

“吉夫斯！”玻琳尖叫。

“吉夫斯！”我大吼。

“喂！”老斯托克叫嚣。

门本来是关着的，并且我发誓一直没见它开开。可是呢，吉夫斯已然出现在我们面前，脸上写着殷殷问询。

“吉夫斯！”扎飞大喊。

“爵爷？”

“吉夫斯！”玻琳惊叫。

“小姐？”

“吉夫斯！”我呼唤。

“先生？”

“喂，你！”老斯托克嚷嚷。

吉夫斯是否乐意被人叫作“喂，你！”我可说不准，但他棱角分明的脸上倒是看不出有一丝不悦。

“先生？”

“你怎么说走就走了？”

“我以为爵爷目前有重要事宜需要处理，无暇他顾，于是决定暂时压下需要报告的情况，打算稍后再来，先生。”

“那，你先等一会儿，成不？”

“当然，先生。假如知道先生有话吩咐，我刚才就不会贸然离开了。我担心打扰先生，念及此，才……”

“行了行了行了！”我再次注意到，吉夫斯的交流方式似乎叫斯托克不大受用，“别说那些了。”

“吉夫斯，你不可或缺。”我说。

“多谢先生。”

趁着斯托克在那儿气喘如受伤的水牛，扎飞发话了。

“吉夫斯。”

“爵爷？”

“你刚才说罗德里克·格洛索普爵士被捕了？”

“是，爵爷。我刚才想报告的就是这件事。适才进来是想禀告爵爷，罗德里克爵士昨天晚上被多布森警官逮捕，随后关在公馆的盆栽棚中，并由警官亲自把守。是大盆栽棚，爵爷，而不是较小的那间。也就是通往菜园的路上右手边的那间盆栽棚，棚顶是红瓦铺成，而小盆栽棚的棚顶则是……”

从头到尾，J.沃什本·斯托克这个人就不怎么招我喜欢，但此时此刻，秉着友好睦邻的精神，为了避免他中风，我开口了。

“吉夫斯。”我说。

“先生？”

“别管是哪间盆栽棚了。”

“是，先生。”

“这无关宏旨。”

“明白了，先生。”

“那你继续，吉夫斯。”

他望了一眼斯托克，目光中带着敬意和悲悯，因为这会儿斯托克的支气管似乎出了大毛病。

“爵爷，昨天晚上，多布森警官逮捕罗德里克爵士的时候夜色已深，因此对于如何安置爵士的问题，他一时无所适从。爵爷，要知道，昨天那场火灾中，不仅伍斯特先生的茅舍付之一炬，由于火势蔓延，就连沃尔斯警长的房舍也未能幸免。而由于警长的房舍同时兼做警局，因此多布森警官一时不知如何是好，这也在情理之中。另外，沃尔斯警长也不在左右出谋划策，因为他在救火过程中不幸头部受创，因此被送往姑姑家中休养。我指的是他那位家住扎福诺·里吉斯的莫德姑姑，而不是……”

我再次见义勇为。

“别管哪位姑姑啦，吉夫斯。”

“是，先生。”

“无关痛痒。”

“确实，先生。”

“那继续吧，吉夫斯。”

“遵命，先生。最终多布森警官只有自作主张，三思之后，认为最安全的地方莫过于盆栽棚，那间大的……”

“咱们明白了，吉夫斯，棚顶铺瓦的那间。”

“正是，先生。他于是将罗德里克爵士带到大盆栽棚内，之后在门口守了一整夜。不久之前，花匠来上工，多布森警官便吩咐其中一位——一个年轻人，叫作……”

“行啦，吉夫斯。”

“遵命，先生。他吩咐这个年轻人赶往沃尔斯警长的临时住所，希望警长已经恢复了元气，可以着手处理这一情况。果不其然，一夜的安眠，加之本来身强体健，今天早上警长已照常起床，并用过丰盛的早饭。”

“早饭！”纵使我有钢铁般的意志力，也忍不住喃喃念了一句。这个词触到了伯特伦脆弱的神经。

“沃尔斯警长接到通知后，立刻赶到公馆，求见爵爷。”

“为什么见他？”

“爵爷是治安法官，先生。”

“对，当然了。”

“因此，有权将犯人转移到较正式的监狱关押。沃尔斯警长此刻在藏书室等候，爵爷，盼爵爷有空时见他。”

如果说“早饭”这个关键词能害得伯特伦·伍斯特心乱如麻，那么“监狱”一词似乎戳到了老斯托克的痛处。他一声哀号。

“他怎么会进监狱？他进监狱做什么？那个笨蛋警察凭什么要送他进监狱？”

“据我理解，先生，罪名是‘入室行窃’。”

“入室行窃？！”

“是，先生。”

老斯托克可怜巴巴地望着我——我也不懂他干吗要望着我，反正事实如此——弄得我忍不住想摸摸他的脑袋。其实我说不定就要出手了，但是在这个节骨眼儿，我身后突然传来一声响动，像是受惊的母鸡或者扑腾的野雉。原来是扎福诺夫人冲了进来。

“麻麻杜克！”她一声惨叫。我想最能证明她此刻的心情的，莫过于她目光逗留在我脸上却不为所动。瞧她的反应，还以为我是白人大首领呢。“麻麻杜克，我听到了可怕的消息。罗德里克……”

“行了，”扎飞有点赌气似的，“我们也听到了，吉夫斯正说着呢。”

“可咱们如何是好？”

“不知道。”

“都是我的错，我的错啊。”

“哦，婶婶，您别这么想，”扎飞虽然惊慌失措，却不改“珀乐”，“和您没有关系。”

“有关，有关的。我永远不能原谅自己。如果不是我，他就不会那么一脸黑灰就离开了。”

我真心可怜老斯托克。我是说，他的打击是接连不断啊。只见他双眼从脸上鼓出来，像只蜗牛。

“一脸黑灰？”他气若游丝。

“他为了哄西伯里，脸上涂满了炭灰。”

老斯托克跌跌撞撞地倒在一张椅子里，似乎觉得这是那种应该坐下来消化的故事。

“要弄掉那种讨厌的东西，只能用黄油……”

“汽油也行，这是行家告诉我的，”我忍不住插嘴，信息务必要准确无误，“吉夫斯，支持一下？汽油也管用吧？”

“是，先生。”

“那就汽油吧。汽油也好，黄油也罢，总之，他一定是为了找东西把脸上的东西弄掉，才闯进别人家里的。可现在……”

她心中大恸，说不下去了。不过，她怎么恸也比不上人家斯托克，这会儿他一副穿越烈火之炉的表情。

“玩儿完了，”他黯然道，“我的五千万打了水漂，却束手无策。精神病案的证人自己顶着黑脸在乡下乱晃还被捕，这案子还打得赢吗？哼，美国任何一个法官都会认为证人就是疯子，什么证供都不会采信的。”

扎福诺夫人簌簌发抖。

“但他是为了哄我儿子开心啊。”

“谁会愿意哄那个小浑蛋开心，”斯托克说，“准是疯了。”

他干巴巴地笑了。

“哼，是我自讨苦吃。没错，是我自作自受。我把身家性命都押在格洛索普的证词上，希望靠他证明老乔治不是疯子，好保住我那五千万。这下子，他往证人席一坐，才过两分钟，原告就要指出我这个专家就是个疯子，和他一比，乔治一千年都成不了气候。想想还真好笑。够讽刺的。倒让我想起有首诗，那个谁名列榜首来着。”

吉夫斯一声轻咳，眼中闪着授业解惑的光芒。

“阿布·本·阿德罕姆，先生。”

“我不什么？”老斯托克莫名其妙。

“先生所指的诗作中描述了一位阿布·本·阿德罕姆，传说他一天晚上从酣梦中醒来，眼见一位天使……”

“滚！”斯托克静静地说。

“先生？”

“滚出去，不然我宰了你。”

“是，先生。”

“带着你那些个天使一起滚。”

“遵命，先生。”

门关上了。老斯托克呼了口气，饱受折磨的样子。

“天使！”他叹道，“都什么时候了！”

我觉得有义务为吉夫斯说句公道话。

“他说得没错，”我说，“上学那会儿我还背过呢。话说这家伙看到天使坐在床头，奋笔疾书，知道吧，最终的结果呢……啊，好吧，既然您没兴趣。”

我退到房间一角，随手拿起一本影集。愿者上钩，伍斯特从不勉强人家听他讲话。

这之后屋里一片所谓的人声鼎沸，其间我——因为负气之故——一语不发。他们你一言我一语，不过谈不上一句有半点建设性的话。最终倒是老斯托克有点见解，（从中也证明我的想法不错，他以前准是南美洲还是哪块大陆的海盗。）大胆提议组织救援队。

“这么做如何，”他咨询大家的意见，“咱们来个破门而入，把他偷偷带走藏起来，让那些该死的警察到处绕圈子，就是找不到人？”

扎飞表示异议。

“不行。”

“怎么不行？”

“您也听到吉夫斯说了，多布森在看着呢。”

“一铲子把他放倒。”

扎飞似乎不大欣赏这个建议。想必身为治安法官，的确得注意一下举止。拿铲子把警察放倒，只怕全县都要为之侧目。

“该死，那，用钱买通他。”

“英国警察不能用钱买通。”

“真的假的？”

“门都没有。”

“老天啊，这什么国家呀！”老斯托克气咻咻地呻吟道。看得出，他对英国的看法再也不复从前了。

我负的气消了。咱们伍斯特心是肉长的。看到这中等大小的房间中人人痛不欲生，我忍不住了。我走到壁炉前，按下电铃。结果，正当老斯托克要对英国警察发表意见时，门开了，吉夫斯走了进来。

老斯托克目露凶光。

“你又来了？”

“是，先生。”

“怎么了？”

“先生？”

“又有什么事？”

“有人按铃，先生。”

扎飞再次大手一挥。

“没有，没有，吉夫斯，没人按铃。”

我上前一步。

“是我按的，扎飞。”

“干吗？”

“叫吉夫斯。”

“我们不需要吉夫斯啊。”

“扎飞老兄，”在场的诸位无疑为我语气中的不怒而威动容，“你要是还有哪个时候比现在更需要吉夫斯……”我突然忘了要说什么，只好重新起头。“扎飞，”我说，“我想说的是，世界上只有一个人能帮你解开这团乱麻，他近在眼前，我指的就是吉夫斯，”我干脆把话说清楚，“这件事你知我知：这种情况下，吉夫斯总有妙计。”

扎飞一个如梦初醒。看得出来，记忆开始复苏，他回忆起吉夫斯的种种出奇制胜。

“老天，可不是。他总有办法，是吧？”

“说的就是。”

老斯托克念叨起天使什么的，我投过去一个“噤声”的眼神，然后面对吉夫斯。

“吉夫斯，”我说，“我们需要你配合一下，出谋划策。”

“遵命，先生。”

“首先，让我来跟你提纲挈领地……是叫提纲挈领吧？”

“是，先生。这个词用得恰到好处。”

“……提纲挈领地讲一讲目前的事态。你自然知道已故的乔治·斯托克先生。根据其遗嘱内容，咱们这位斯托克先生受益不菲，但你刚才送来的那封电报上说，这封遗嘱受人质疑，理由是立遗嘱人疯得像只笨鸭子。”

“是，先生。”

“为了驳回质疑，斯托克先生打算请罗德里克·格洛索普爵士作为专家证人出庭做证，指出乔治是精神正常队伍里的一等兵。也就是他没一句疯话，我的意思你明白吧。本来此举万无一失，必然会马到成功。”

“是，先生。”

“但是——咱们现在说到要点了，吉夫斯——罗德里克爵士这会儿身陷盆栽棚——大盆栽棚——脸上涂满炭灰，还顶着入室抢劫的罪名。这样一来，他就威力大减，懂了吗？”

“是，先生。”

“人生在世，吉夫斯，两者不可兼得。要么把自己树立成鉴别同胞们精神正常与否的标杆，要么把脸涂黑被关在盆栽棚。总之不能兼而有之。所以咱们如何是好，吉夫斯？”

“以我之见，应该帮罗德里克爵士逃出盆栽棚，先生。”

我转身瞧着大伙。

“瞧！我说吉夫斯自有妙计吧，怎么样？”

有人表示异议，是老斯托克，他好像铁了心要拆台。

“帮他逃出盆栽棚，啊？”他恶声恶气地说，“怎么帮？带一队天使吗？”

他又开始模仿水牛，我不得不厉声制止他。

“吉夫斯，你有办法帮罗爵士出逃？”

“是，先生。”

“你肯定？”

“是，先生。”

“所以你已经订好了计划或者说方案？”

“是，先生。”

“我收回刚才的话，”老斯托克一脸崇拜，“忘了我之前说的，只要你帮我解了这个围，以后晚上随便你什么时候把我叫醒，跟我聊天使。”

“多谢先生。只要趁罗德里克爵士被带来见爵爷之前帮他逃走，先生，”吉夫斯接着说，“应该就可以免去一切困扰。目前多布森警官和沃尔斯警长尚不清楚他的身份。警官之前从未见过爵士，并认为他是在斯托克先生的游艇上表演节目的黑脸艺人之一。沃尔斯警长也是同样的意见。因此，只要在他们得知真相前将罗德里克爵士救出，一切问题迎刃而解。”

我听懂了。

“我听懂了，吉夫斯。”我说。

“既然如此，为达到这个目的，我已经想到了办法，请容我陈述一下。”

“好，”老斯托克说，“什么办法？快说。”

我举起手，突然心念一动。

“慢着，吉夫斯，”我说，“等一会儿。”

我盯着老斯托克，目光灼灼。

“采取行动前，咱们还有两件事需要解决。您是否郑重承诺购买这位扎飞的扎福诺公馆，价格以合约双方商议决定为准？”

“好好好，快点继续吧。”

“您同意令千金玻琳和扎飞的婚事，不再胡说什么要她嫁给我？”

“当然，当然！”

“吉夫斯，”我说，“你说吧。”

我功成身退，把发言权让给他——这时我注意到，他目光中纯粹的智慧之光熠熠生辉，同时，他的脑袋一如既往，在后脑勺处凸出一块。

“先生，经过一番考虑，计划中最大的障碍是守在盆栽棚前的多布森警官。”

“一点不错，吉夫斯。”

“不妨说，他是症结所在。”

“当然不妨，吉夫斯，或者可以说是‘麻烦’。”

“先生所言甚是。因此，计划第一步就是移除多布森警官这个障碍。”

“我不就是这么说的嘛，”老斯托克不服气地嚷嚷，“你们还不肯听。”

“你要拿铁锹还是什么的把人家放倒，根本不对劲。咱们需要的是……是什么来着，吉夫斯？”

“调虎离山，先生。”

“对了。继续，吉夫斯。”

“以我之见，这并不难做到。只要叫人去传话说，客厅女侍玛丽约他在覆盆子丛中相见。”

我为他的足智多谋而目瞪口呆，不过呆归呆，我还是转过身子，为大伙添了个脚注。

“这个玛丽，这个客厅女侍，”我说道，“是多布森的未婚妻。虽然我只远远地见过此女，但我发誓，像她这种女郎，凡是血气方刚的警官，绝对二话不说就跳进覆盆子丛里去约会。魅力四射，啊，吉夫斯？”

“这位年轻姑娘的确妩媚动人，先生。我想为了保险起见，不妨再加一句话，例如说玛丽为他备好了咖啡和火腿三明治。我知道警官还没有用早餐。”

我脸上一阵抽搐。

“吉夫斯，这儿略过不提吧。我又不是石头做的。”

“抱歉，先生，恕我一时疏忽。”

“没事，吉夫斯。那得打通玛丽，是吧？”

“不必，先生。我已经试探过，知道她满心希望送点心给警官。我建议回话给她——自然是以警官的名义——说对方正在约定的地点等候。”

我不得不插一句话。

“有个麻烦，吉夫斯。或者说症结。假如他想吃东西，干吗不直接进屋来？”

“因为他不希望被沃尔斯警长看到，先生。警长严格命令他守在原地。”

“那他还会擅自离开吗？”扎飞问。

“我亲爱的老兄，”我说，“人家可没吃早饭呢，而这个姑娘无限供应咖啡和火腿三明治。别净提些傻问题，打断人家思路了。你说，吉夫斯？”

“他一离开，先生，就可以轻松救出罗德里克爵士，带他到安全的地方藏好。爵爷的卧室就是很好的选择。”

“而多布森擅离职守，所以绝对不敢供出来。你是这个意思吧？”

“正是，先生，他会守口如瓶。”

老斯托克又出来泼冷水。

“不行，”他说，“没用。我不是说咱们救不出格洛索普，我是说，警察准会察觉里面有猫腻。人没了，他们自然会猜到他是被人救走的，根据种种迹象，就知道是咱们动的手脚。比方说，昨天晚上，在我的游艇上……”

他打住了。估计是想让已逝的过去入土为安，不过他的意思我明白了。我从游艇逃走之后不久，他就猜到准是吉夫斯干的好事。

“这话在理，吉夫斯，”我不得不承认，“警方或许无计可施，但会议论个没完，还没等咱们反应过来，罗德里克爵士顶着黑脸到处流窜的故事就传开了。当地的报纸会听到风声，‘蠡斯’那些写花边新闻的，整天呼扇着耳朵捕捉名人轶事，他们也会打听到。这么一来，相比老先生去达特穆尔还是哪儿的拆几年麻絮，也好不到哪儿去。”

“不，先生。盆栽棚里自然会有犯人。我的意思是用先生调换罗德里克爵士。”

我愣愣地看着他。

“我？”

“恕我直言，先生，既然警方需要带一名嫌犯见爵爷，盆栽棚中就务必要有一位黑脸犯人。”

“可我根本不像老格洛索普呀，身形差远了，本人——长身玉立。他……呃，我不想说他坏话，毕竟他的未婚妻的侄子跟我的深厚友谊浓于……嗨，我就是想说，不管你怎么想入非非，也不能说他长身玉立呀。”

“先生忘了，见过犯人的只有多布森警官一人，而他必然守口如瓶。”

这倒是真的，我的确忘了。

“这倒是。可是吉夫斯，该死，虽然我很想为这个灾难深重的家庭雪中送炭，不过背着‘入室行窃’的罪名蹲五年大牢，我可没多少兴趣。”

“先生不必担心，罗德里克爵士被捕时闯入的正是先生家的车库。”

“可吉夫斯，三思啊，琢磨琢磨，重头想想。我进的既然是自家车库，又怎么会一言不发，乖乖由着人家把我逮捕，关在盆栽棚里过一夜，这也太……怎么说来着……太匪夷所思了。”

“只要沃尔斯警长相信就行了，至于警官怎么想则无关紧要，毕竟他只能守口如瓶。”

“可沃尔斯一个字都不会相信。”

“不，先生。据我了解，警长认为，把盆栽棚当成卧室，对先生来说是家常便饭。”

扎飞高兴地大叫一声。

“可不是，他理所当然会认为你又灌多了黄汤。”

我冷若冰霜。

“哦？”要说我这语气，只有一个词可以形容，那就是酸辣兼备，“这么说，我就要顶着头号嗜酒狂的名声，在扎福诺·里吉斯名垂千古咯？”

“他没准以为伯弟只是脑子有问题。”玻琳安慰道。

“不错。”扎飞一脸央求地望着我，“伯弟，”他说，“都这个节骨眼了，难道你还较真，不肯让人家误会你是……”

“……智力上乏善足陈。”玻琳接口道。

“就是，”扎飞接着说，“你自然会答应的。谁？伯弟·伍斯特？为了拯救朋友于危难，忍一时的不痛快？哼，这种事儿，他一马当先。”

“二话不说。”玻琳说。

“三下五除二。”扎飞说。

“我一直认为他卓尔不群，”斯托克说，“记得第一次见面就是这个印象。”

“我也是，”扎福诺夫人接口，“他一点不像现代那些年轻人。”

“我一见他那模样就喜欢。”

“我一直喜欢他那模样。”

我有点晕乎乎的。众人对我一致好评的情形可不多，这套溜须拍马下来，我不禁难以自持了。我徒然地力挽狂澜。

“是，可是，听着……”

“我跟伯弟·伍斯特可是老同学，”扎飞说，“我的福气呀。从私校到伊顿再到牛津，他是人见人爱。”

“因为他无私善良？”玻琳问。

“你说到点子上了。因为他无私善良。每当朋友需要帮助，他愿意上刀山下火海。多少次，他用那宽阔的肩膀替别人背黑锅。”

“伟大！”玻琳感叹。

“我一看就知道他是这种性格。”老斯托克说。

“不错，”扎福诺夫人说，“孩子是成人之父[1]。”

“你们是没看到，当年他面对怒不可遏的校长，那双大大的蓝色的眸子里写着无所畏惧……”

我举手制止。

“行了，扎飞，”我说，“够了。我愿意承受这番折磨。但我还有一句话，待我重见天日，有没有我的早饭？”

“扎福诺公馆拿最好的早饭招待。”

我试探地看着他。

“腌鱼？”

“成群的腌鱼。”

1　出自华兹华斯《我心跳跃》（*My Heart Leaps Up*，1802）。

“烤面包？”

“成堆的烤面包。”

“咖啡？”

“整壶整壶的。”

我微微一点头。

“那，你可记好了，”我说，“来吧，吉夫斯，我准备好了，这就跟你走一趟。”

“遵命，先生。我有一句话，先生可否想听？”

“说吧，吉夫斯。”

“您所做的，是您有生以来做过的最最崇高的一件事[1]，先生。”

“谢了，吉夫斯。”

我说过吧，这种事谁也不如他总结得精辟。

1 《双城记》中西德尼·卡顿面对行刑时的感慨。

22

吉夫斯履新

阳光洒在扎福诺公馆小晨室中，沐浴着正对太阳的桌前的我、背景处徘徊的吉夫斯、四只腌鲱鱼的剩骨、一只咖啡壶以及空荡荡的烤面包架。咖啡壶倒得一干二净，我若有所思地啜饮着最后几滴咖啡。近来的一系列变故在我身上打下了烙印，如今，这个更加稳重、更见成熟的伯特伦·伍斯特将目光投向烤面包架，发现上面空空如也，于是转而凝视服侍我用早餐的人。

“吉夫斯，现在公馆的厨子是谁？”

“是一位姓珀金斯的女士，先生。”

“她烧得一手好早餐。替我谢谢她。”

“遵命，先生。”

我端着杯子凑到嘴边。

“这会儿还真像雨过天晴的样子，吉夫斯。”

“先生形容得恰到好处。”

“而且还是场暴风骤雨，啊？”

“的确是心智的审判，先生。”

“审判这个词真是‘魔语斯特’[1]，吉夫斯。我那一瞬立刻想起了当年被审的情形。吉夫斯呀，我一向自视英勇无惧，遇到生活中的倒霉事儿，我也不是轻易变色的。但不得不承认，我给带到扎飞面前的时候，还真慌了神儿，又紧张又尴尬。扎飞还真是透着一股至高无上的法律威严。我压根不知道他还戴角质框眼镜。”

“据我所知，爵爷履行治安法官职责时都要佩戴眼镜，先生。我想是爵爷认为这样有助于鼓舞断案信心。”

“哎，怎么没人事先提醒我呢。我真是吓坏了。他一戴上眼镜，整个表情都变了，模样简直像阿加莎姑妈。我赶紧提醒自己，我们两个曾肩并肩地站在弓街法庭的审判席上，被扣上赛艇之夜引发骚乱的罪名，就靠这个才保持了‘伤不化’[2]。幸好，这个叫人如坐针毡的程序还算短暂。我得承认，他倒是雷厉风行的，不一会儿就把多布森的陈词驳倒了，啊？”

“是，先生。”

“真是强烈谴责啊，是吧？”

“先生一语中的。”

“伯特伦自由了，名誉没有一点污点。”

“是，先生。”

“倒是沃尔斯警长坚信他要么是无药可救的酒鬼，要么是天生的疯子。或者都有吧。无论如何，”我不再执迷黑暗面，“担心也于事无补。”

“先生所言极是。”

---

1 mot juste，法语，意为贴切的字眼。

2 sang froid，法语，意为冷静。

“重点是，你再一次证明了天下没有你解决不了的麻烦。吉夫斯，干得漂亮，漂亮极了。”

“多亏了先生的配合，否则也是徒然。”

“啐，吉夫斯！我不过是个小卒子而已。”

“先生过谦了。”

“不，吉夫斯，我清楚自己的地位。只是有一件事。你别多心，我不是想批评你考虑不周全，不过这事多亏你运气好，是吧？”

“先生？”

“那，那封电报来的正是时候，可谓千钧一发呀。真叫人捏一把汗。”

“不，先生，一切都在我预料之中。”

“什么？！”

“前天我拍电报到纽约，通知我的朋友本斯特德，请他立即依照电报中所述原样拍一封回来。”

“你难道是说——”

“当时斯托克先生和罗德里克·格洛索普爵士一言不合，导致斯托克先生撤回购买扎福诺公馆的决定，并由此波及爵爷和斯托克小姐的婚事，我略一思索，认为或者解决办法就是拍电报给本斯特德。据我猜想，已故的斯托克先生遗嘱受质疑的消息，会令斯托克先生和罗德里克爵士重归于好。”

“所以实际上并没有谁质疑遗嘱，是吗？”

“不错，先生。”

“那等老斯托克发现了怎么办？”

“我相信，届时斯托克先生只会庆幸，纵使对这个虚假消息有什么不满情绪，也都微不足道。况且木已成舟，他已经签下购买扎福诺公馆的必要文件。”

“所以就算他气炸了肺也束手无策？”

“正是，先生。”

我闷闷不乐，沉吟不语。这条石破天惊的消息不仅叫我骇然，也让我心中好生苦楚。我是说，一想到我居然把他拱手让人，而他的雇主扎飞又基本不会笨到让他再次进入市场流通……咳，该死，你总不能说这还不够叫人心如刀绞吧。

我打起精神，一如老派贵族登上囚车，勉强戴上面具。

“烟呢，吉夫斯？”

他递上烟盒，我默默地吞云吐雾。

“恕我冒昧问一句，先生现在有什么打算？”

我从恍惚中回过神来。

“嗯？”

“既然茅舍付之一炬，先生是否打算在附近另觅住处？”

我摇摇头。

“不，吉夫斯，我要动身回京城啦。”

“先生打算回原来的公寓？”

“是。”

“可是……”

我料到他有此一问。

“我知道你想说什么，吉夫斯。你在想曼格尔霍弗先生、尊敬的廷克勒-莫尔克太太还有鸨斯特中校。我当时因为他们对班卓里里的态度，不得不坚定立场。不过时过境迁。从今往后，不会再有摩擦。昨天晚上我的班卓里里葬身火海，我不会再买一把了。”

“是吗，先生？”

“没错，吉夫斯。热情消亡了。只怕我一拨弄琴弦，就要想起布林克利。除非有另行通知，否则我永远不希望想起那个易怒之人。”

“这么说，先生不打算继续留他在身边了？”

“继续留他在身边？想想他的所作所为吧。他举着餐刀跟我赛跑，我是险胜一筹啊。吉夫斯，我意已决。斯大林，没问题。艾尔·卡彭[1]，不在话下。布林克利，没门儿。”

他轻咳一声。

“那么，既然先生家中空出一职，假如我斗胆自荐，不知先生是否愿意考虑？”

我失手打翻了咖啡壶。

“你说——什么，吉夫斯？”

“恕我冒昧，先生，希望先生或许愿意考虑接纳我申请这一职务。我会尽心办事，但求先生满意，相信我过去也并没有辜负先生的期望。”

“可是……”

“无论如何，爵爷大婚在即，我已有意请辞。虽然斯托克小姐才貌双全，我对她的钦慕之情不在任何人之下，但我的一贯原则是不为已婚男士效力。”

“为什么？”

“这只是私人偏好罢了，先生。”

1　Al Capone（1899—1947），美国禁酒令时期的著名黑帮头子。

“我明白你的意思，是个体心理吧？”

“先生一语中的。”

“你真愿意回到我身边？”

“能得到先生赏识是我莫大的荣幸。除非先生另有打算。”

这么妙不可言的时刻，反倒叫人无言以对了。这意思大家明白吧。我是说，这一刻呢——可以称之为妙不可言吧——云开雨霁，灿烂的阳光开足马力普照万物——你心里觉着……哎，我说，该死！

“谢谢你，吉夫斯。”我说。

“少爷客气了。”

完

图书在版编目（CIP）数据

万能管家吉夫斯. 3，谢谢你，吉夫斯 / (英) P.G.伍德豪斯 (P. G. Wodehouse) 著；王林园译. -- 南京：江苏凤凰文艺出版社, 2018.8

ISBN 978-7-5594-2425-9

Ⅰ. ①万… Ⅱ. ①P… ②王… Ⅲ. ①长篇小说–英国–现代 Ⅳ. ①I561.45

中国版本图书馆CIP数据核字（2018）第136987号

书　　名 **万能管家吉夫斯. 3，谢谢你，吉夫斯**

著　　者（英）P.G.伍德豪斯
译　　者 王林园
责任编辑 丁小卉　姚　丽
特邀编辑 顾珍奇　徐陈健
责任监制 刘　巍　江伟明
策　　划 读客文化
版　　权 读客文化
封面设计 读客文化　021-33608311
出版发行 江苏凤凰文艺出版社
出版社地址 南京市中央路165号，邮编：210009
出版社网址 http://www.jswenyi.com
印　　刷 三河市龙大印装有限公司
开　　本 890mm x 1270mm　1/32
印　　张 8.25
字　　数 175千
版　　次 2018年8月第1版　2018年8月第1次印刷
标准书号 ISBN 978-7-5594-2425-9
定　　价 42.00元

如有印刷、装订质量问题，请致电010-87681002（免费更换，邮寄到付）